DU SUICIDE

CONSIDÉRÉ COMME MALADIE.

OUVRAGES DU MÊME AUTEUR.

1841. — **TRAITÉ DE LA CATALEPSIE**, contenant des recherches historiques et prat ques sur les symptômes, le diagnostic, l'anatomie pathologique, les causes, le traitement et la nature de cette maladie.

1 vol. in-8, chez Just Rouvier, rue de l'Ecole-de-Médecine, 8.

1842. — **DE L'ABUS DES LIQUEURS ALCOOLIQUES**, considéré comme source de perturbation morale et intellectuelle, principalement dans les classes ouvrières.

1843. — **DE L'UNITÉ EN MÉDECINE**.

1844. — **TRAITEMENT DES AFFECTIONS CANCÉREUSES**. Des indications et contre-indications de l'opération dans le traitement du cancer.

Premier Mémoire. —Brochure in-8.

1844. — **DE LA CAUSTICATION A HAUTE DOSE DANS LE TRAITEMENT DU CANCER**, Mémoire inséré dans le *Recueil des travaux de la Société médicale du département d'Indre-et-Loire*. — Troisième trimestre de 1844.

DU
SUICIDE

CONSIDÉRÉ COMME MALADIE.

PAR

LE DOCTEUR C. E. BOURDIN,

MEMBRE DE LA SOCIÉTÉ MÉDICO-PRATIQUE DE PARIS, MEMBRE CORRESPONDANT
DE L'ACADÉMIE ROYALE DE MÉDECINE ET DE CHIRURGIE DE MADRID,
DE L'ACADÉMIE DES SCIENCES, ARTS, ET BELLES-LETTRES DE ROUEN,
DES SOCIÉTÉS DE MÉDECINE DE TOURS, NANCY, ETC.

« The knowledge of truth is the sovereign
good of human nature. »

BACON'S ESSAYS.

IMPRIMERIE

DE HENNUYER ET TURPIN, RUE LEMERCIER, 24.
Batignolles.

—

1845

A Monsieur le Docteur

F. Lelut,

MEMBRE DE L'INSTITUT DE FRANCE.
(Academie des Sciences morales et politiques.)

AMITIÉ.

BOURDIN.

AVANT-PROPOS.

—

« J'entreprends une tâche hardie... Simple ouvrier
dans le champ de la vérité, j'aurais dû peut-être
me borner à suivre le sillon tracé par des maîtres
habiles ; mais, quelque ignoré que soit mon
travail, quelques faibles qu'en doivent être les
résultats, j'ai cru ne pouvoir rester les bras
croisés, lorsqu'il me semblait voir des erreurs
à extirper et des vérités à mettre en lumière. Le
succès dépend de Dieu et du génie, nul n'y est
tenu ; l'effort appartient à notre volonté, là est le
devoir.»

F. PERRON.— *Essai d'une
nouvelle théorie sur les idées fondamentales.*

Le suicide est une monomanie.

L'opinion universelle qui considère le suicide non pas
comme une maladie, mais comme un vice, un crime, et,
dans certains cas, comme un trait d'héroïsme, cette opinion,
dis-je, est erronée, parce qu'elle repose sur une observation
incomplète, et par conséquent fausse.

Ainsi, on se contente d'apprécier une portion d'un fait
pathologique ; on voit le résultat, par exemple, sans se sou-
cier des causes réelles qui l'ont amené, sans s'occuper des
conditions au milieu desquelles il s'est produit.

Ou bien, on néglige les antécédents du malade, on n'at-
tribue pas aux accidents nerveux de diverses sortes dont il
a été précédemment frappé, l'influence réelle qu'ils ont sur
la pathogénie du suicide.

Ou encore, on ne s'appesantit pas assez sur la recherche
de l'état mental des aïeux et des descendants.

On ne tient pas assez compte de ce fait que le suicide est

souvent le premier acte de délire d'une monomanie nais-
sante ; on oublie par conséquent l'une des causes les plus
graves qui soient de nature à fausser l'observation, et l'une
de celles qui ont, sans contredit, le plus contribué à l'établissement de l'erreur que je combats. Il suffirait pourtant
d'examiner les individus qui échappent à la mort volontaire, pour se convaincre qu'un suicide quelconque est le
prélude d'une série d'actes de délire.

On se laisse facilement tromper par les raisonnements des
malades, confondant de la sorte la raison avec le raisonnement qui n'en est que la forme. Ignore-t-on que le raisonnement peut se mettre au service de la folie presque autant
qu'à celui de la raison ?

La combinaison, dans le fait de suicide, d'actes volontai-
res et d'actes intellectuels en impose facilement encore ; mais
qui ne sait que la volonté peut se pervertir comme l'intelligence et subir l'influence du délire ?

De là, diverses causes d'erreur ; et encore suis-je loin de
les avoir énumérées toutes.

De là, l'opinion générale qui impute le suicide à son auteur comme titre de gloire ou comme marque d'ignominie.

L'étude que j'ai entreprise m'a conduit loin de la manière
de voir la plus généralement répandue. Or, voici dans
quelles circonstances je fis les recherches actuelles.

Obligé de faire l'histoire du meurtre volontaire de soi, je
me trouvai naturellement amené à traiter une question qui
appartenait essentiellement à mon sujet, et qui me parais-
sait tout à fait nouvelle ; je veux parler du diagnostic diffé-
rentiel entre le suicide de l'aliéné et celui de l'homme sain
d'esprit. A ma grande surprise, je reconnus alors qu'il n'exis-
tait aucune différence saisissable entre ces deux espèces de
suicide. Ce premier pas fait, je me trouvais, par voie d'éli-
mination, sur la trace de l'essence même de la maladie :
mais il fallait des preuves positives ou directes.

Prenant pour terme de comparaison les monomanies diverses admises dans la science, je rapprochai les faits de suicide de ceux des autres monomanies, et les comparant deux à deux, et successivement dans les diverses phases de leur histoire, j'ai trouvé entre l'une et l'autre une identité parfaite : ma conclusion était donc forcée ; je n'avais qu'à formuler ce qui se trouvait expressément contenu dans les faits.

M'autorisant donc de l'examen auquel je me suis livré, et raisonnant par simple induction, je dis que le suicide est toujours une maladie, et toujours un acte d'aliénation mentale : je dis par conséquent qu'il ne mérite ni louange, ni blâme.

Quelques-uns de mes adversaires m'accordent que, dans l'immense majorité des cas, le suicide se rattache à la folie ; mais, soit fausse crainte, soit inattention, soit routine, soit préoccupation d'esprit, soit conviction sincère, ils ajoutent que, dans certains cas, il n'y a pas le moindre trouble cérébral. Tout cela n'est que théorie ; car cette opinion n'a pas pu s'autoriser, que je sache, d'un seul fait probant et positif. A plusieurs reprises et à plusieurs personnes, j'ai demandé un seul fait contradictoire, et jusqu'à présent on n'a pu me le fournir. Ne suis-je pas autorisé à rester dans mon opinion ?

On m'a dit : « Scientifiquement, vous avez raison ; mais du point de vue de la morale, vous avez tort ; il est bon de laisser au suicidé la responsabilité de ses actes. » Je ne comprends pas cette manière de raisonner. La science n'a jamais nui à la morale, et du côté de la vérité se trouve toujours la bonne morale. Ainsi le veut la logique.

DU SUICIDE

CONSIDÉRÉ COMME MALADIE,

SECTION I.

La question que je me propose de traiter touche aux plus grands intérêts de l'humanité.

Elle est à la fois morale, religieuse et médicale.

Elle se rattache au point de vue le plus délicat de la morale, car elle entraîne avec elle la question de *liberté*; elle tient aux doctrines religieuses par cette même considération du *libre arbitre*; enfin, et de l'aveu de tous, elle fait partie du domaine de la médecine, puisqu'elle se trouve parfois soulevée au milieu de troubles morbides les plus évidents.

Cette question est celle du *suicide*.

L'homicide de soi-même qui, comme le fait judicieusement observer Esquirol, n'a reçu de nom dans aucune langue excepté dans la nôtre, doit être rangé parmi les fléaux cruels qui déciment la société sans pitié ni merci. Quand on jette un coup d'œil investigateur sur ce qui se passe autour de soi, on est frappé de surprise en contemplant la lutte acharnée et malheureusement trop fréquente qui existe entre le génie de la destruction et le principe conservateur inhérent à l'individu. On s'étonne quand on réfléchit à l'impôt pesant et lourd que cet acte prélève chaque année sur les populations, et l'on se demande tout naturellement quelle est la cause de ce désordre. Cette question, mille fois posée, mille fois débattue, n'a jamais reçu de solution définitive, et aujourd'hui même on peut douter que tous les mystères qu'elle renferme aient été suffisamment approfondis.

Un tel état de choses, qui remonte déjà aux siècles les plus reculés, ne pouvait échapper aux méditations de ceux qui ont, à des titres divers, mission de conduire les peuples.

Les prêtres, les philosophes et les médecins s'en occupèrent donc simultanément, mais avec des succès différents.

Tous admirent en principe que le suicide reconnaissait pour cause une perturbation du libre arbitre et des facultés morales. Plus tard, l'observation et les faits aidant, ils furent forcément conduits à reconnaître que le meurtre volontaire de soi pouvait, dans certains cas seulement et par conséquent d'une manière accidentelle, tenir à un véritable état de folie. Ce fut leur dernier mot.

Ainsi conçue, la théorie du suicide est incomplète et fausse, car elle prend l'exception pour la règle. On peut prouver que l'acte du suicide est toujours accompagné, ou précédé, ou suivi d'un trouble mental quelconque.

Avant d'entrer au cœur de la question, il ne sera peut-être pas inutile de mettre en relief les erreurs des philosophes et même des théologiens : pour cela, quelques observations préliminaires deviennent indispensables.

Les philosophes qui se sont occupés de la nature de l'homme peuvent se diviser en deux classes. Les uns, intelligences supérieures et puissantes, mesurant à leur propre taille la hauteur de l'humanité, ont établi que l'intelligence ou la raison, comme l'appellent certains d'entre eux, jouissait dans l'organisation d'une influence prépondérante et devait régler à la fois les idées et les actes de l'homme. Partant de ce principe et comme conséquence logique, ils ont avancé que les instincts et les passions, c'est-à-dire tous les entraînements actifs qui gouvernent l'homme, devaient être subordonnés à la puissance efficace de l'intelligence pure (1).

C'était là une magnifique utopie. D'autres, tenant à peine compte des nobles élans de l'âme et des hautes et belles qua-

(1) « La liberté n'existe qu'à la condition de dominer tous les obsta- « cles qui naissent des instincts et de la force matérielle. — L'activité « n'est libre qu'à la condition de subordonner les exigences charnelles « qui lui résistent. » Cerise, *Examen et exposé critique du système phrénologique*, pag. 20. 1 vol. in-8. Paris, 1831.

lités dont elle est douée, envisagèrent l'humanité par son côté le plus triste, par ses vices, par ses mauvaises passions, ses faiblesses, son incertitude, sa débilité, son impuissance, par toutes ses misères en un mot ; ils firent une large, trop large part aux influences extérieures, et dirent que l'homme était gouverné par les éléments qui l'entourent et plus spécialement par les propriétés dévolues à son organisation physique.

Exagération des deux parts !

Si l'humanité peut se glorifier de l'éclat du génie dont brillèrent quelques-uns de ses plus illustres représentants ; si elle a pu écrire en lettres d'or dans ses annales les noms des Socrate, des Platon, des Descartes, des Leibnitz ; ceux des Homère, des Virgile, des Bossuet, des Corneille ; ceux des Phidias, des Michel-Ange ; ceux des Newton, des Hippocrate, des Galilée ; ceux des Démosthène, des Cicéron, des Mirabeau ; ceux des Solon, des Numa, des Charlemagne ; ceux des Alexandre, des Annibal, des Napoléon ; ceux des Fénelon, des Vincent de Paul, etc., etc. ; si elle peut revendiquer comme siennes les hautes facultés qui élevèrent ces hommes au-dessus de leurs semblables, elle aurait tort cependant de regarder ces facultés comme des types appartenant également à chacun de ses enfants. Vouloir le soutenir serait sortir du vrai et tomber dans l'absurde. Du reste, ces hommes si éminents par leur science ou leurs vertus ne possédaient-ils que de nobles facultés ? Leurs qualités étaient-elles pures et sans mélange ? C'est ce que personne n'oserait dire. Si, les forçant de descendre du piédestal sur lequel ils sont placés, on pouvait porter dans leurs consciences le scalpel de l'analyse, que de faiblesses ne trouverait-on pas à côté de tant de grandeurs ! Quel mélange de qualités diverses, et surtout quelle inégalité dans le mal comme dans le bien ! *Nemo mortalium omnibus horis sapit* (Sénèque). Je dis donc qu'il serait puéril et inutile de rechercher, même dans les hommes élevés au-dessus du vulgaire, cette puissance de la volonté qui ne trouve d'obstacles insurmontables ni dans les passions, ni dans les instincts, ni dans les fortes préoccupations intellectuelles. Il suffit d'ouvrir les yeux et de considérer de près les hommes les plus haut placés, pour se convaincre de la vérité de cette assertion. — Puisqu'il en est ainsi, et je crois qu'après mûre réflexion tout le monde en fera l'aveu, est-il raisonnable d'exiger une aussi grande autorité de l'homme sur lui-même, lorsqu'on le considère non plus dans d'illustres exceptions analogues à celles que j'ai nommées, mais bien dans la multitude qui les environne? Non certainement, à moins que l'on ne consente à se mettre complétement en désaccord avec l'expérience journalière. Combien n'est pas rétrécie la vie intellectuelle des masses! Dans les agitations publiques, par exemple, elles se ruent sans mesure et sans réflexion vers les objets qu'elles convoitent; dans la conduite privée, elles cèdent généralement aux instincts auxquels il est si facile d'obéir. Mobiles comme les flots de la mer, elles se laissent aller au flux et reflux des passions qui les ballottent sans cesse.

En signalant ces faits, je ne crois pas m'écarter de l'observation légitime : je ne dogmatise pas, je raconte.

Il existe donc une échelle de la moralité humaine, dont le sommet se trouve atteint par quelques êtres privilégiés, et dont la base vient se perdre dans le néant moral. Telle est la règle générale.

Quelques écrivains, considérant à la fois la prédominance des instincts dans les masses, l'obéissance presque aveugle de ces dernières aux influences venues du dehors, et la prépondérance de la voix de la passion dans les conseils de la raison, ont nié tout simplement l'existence du libre arbitre ; soutenant de la sorte, implicitement au moins, que l'homme n'était ni une force, ni une cause, mais bien un résultat, un effet, sorte de machine aveugle et inerte opérant à l'instar d'une horloge.

Ces théories n'ont pas besoin d'être débattues, elles se détruisent elles-mêmes par leur propre exagération, et le moindre bon sens suffit pour en faire justice ; je ne m'y arrêterai donc pas. Bien que cette dernière opinion ne soit pas généralement admise, j'ai dû néanmoins la signaler, parce que, contenue dans certaines limites raisonnables, elle se rapproche davantage de la vérité pratique que l'opinion opposée. Cependant, je l'avoue, il est difficile de préciser le point où elle cesse d'être vraie, et réciproquement, le point où elle sort de l'erreur. Bossuet, qui certes ne saurait être accusé d'avoir méconnu la grandeur et la dignité humaines, dit positivement que la liberté morale est restreinte, et il compare l'influence de cette liberté à la puissance du pêcheur qui peut diriger sa barque à droite ou à gauche, en suivant le courant rapide du fleuve, sans jamais pouvoir la faire remonter contre ce courant des eaux. Cette belle image sert merveilleusement à nous faire comprendre les bornes que la Providence a imposées au libre arbitre. Reconnaissons avec cet illustre prélat que la liberté n'est point absolue, comme le soutiennent les spiritualistes exagérés; disons, au contraire, qu'elle est soumise à une multitude d'influences qui la font changer selon les lieux, les temps, les individus, etc. « Dans tous les systèmes imaginables, dit M. Lélut, il « ne saurait donc être question d'une liberté absolue, et ces « systèmes ne diffèrent entre eux que par les limites qu'ils « assignent à cette liberté... C'est encore ici, comme on le « voit, une affaire d'observation (1) » (p. 218). Cette opinion, du reste, est tout à fait en harmonie avec le dogme catholique, qui nie formellement la liberté absolue de l'homme. Le péché originel ne lui imprime-t-il pas une tache qui rend son âme accessible aux vices et aux passions qui sont souvent la cause de désordres cérébraux?

Ceci posé, il me semble facile de prouver que l'opinion de ceux qui se sont occupés de suicide a toujours été dictée par leurs croyances sur la liberté morale, qu'ils aient admis en

_____

(1) *Qu'est-ce que la phrénologie?* 1 vol. in-8, Paris, 1836.

principe, soit le développement excessif, soit le développement défectif de cette liberté.

Certains philosophes, admettant le principe de la liberté individuelle dans sa plus complète extension, disent que l'homme est maître absolu de sa personne, et ils regardent l'homicide de soi-même comme la chose du monde la plus simple et la plus indifférente. Ils pensent avec Philippe Mordant qu'il faut « sortir de sa maison quand on en est las. » Agir et parler ainsi, suivre l'exemple malheureux de cet homme, c'est se livrer à des divagations insensées, c'est tomber dans le délire.

D'autres écrivains, partant aussi du principe absolu de la liberté personnelle, ont ennobli le suicide en lui donnant des éloges et le signalant comme un acte de courage. Ainsi, les stoïciens faisaient consister la véritable grandeur d'âme dans le mépris de la mort : *Non terret sapientem mors* (Cicéron). Ils disaient que le *sage* ne vit qu'autant qu'il *doit* et non autant qu'il *peut*. Cette doctrine était défendue par des hommes de la plus haute intelligence. Elle était professée par Zénon et quelques autres à Athènes, par Hégésias à Cyrène, par Horace et Caton à Rome. On conçoit très-bien pourquoi cette opinion fut acceptée par les hommes les plus éclairés de l'antiquité païenne. Celle-ci, dévouée au culte des instincts, ne vivant que pour les plaisirs sensuels et les jouissances de toutes sortes, ne devait-elle pas fortifier l'âme contre la douleur ? Car, il faut le reconnaître, le génie du mal vient souvent frapper à notre porte, et rarement il néglige de se mêler à nos joies ; or, nul moyen n'était meilleur pour donner du courage que de faire mépriser la mort, regardée comme le plus grand des maux.

Quelques voix éloquentes, mais rares, s'élèvent dans la Grèce contre le meurtre de soi-même. Le divin Socrate flétrit cette action, mais la doctrine opposée est tellement enracinée dans les peuples, qu'ell évaut contre la sienne, et les protestations de la sagesse sont étouffées par les cris de la passion ou peut-être des habitudes. Pythagore, l'un des plus célèbres prédécesseurs de Socrate, avait vainement essayé de porter le blâme contre le suicide, les idées anciennes étaient restées triomphantes. La Rome païenne, tout imbue des opinions grecques, trouve à peine quelques hommes pour flétrir la mort volontaire. Parmi ces derniers, on rencontre l'illustre chantre d'Énée, qui place aux enfers ceux qui commettent une pareille action.

> . . . . Qui sibi lethum
> Insontes peperere manu, lucemque perosi
> Projecere animas...
> VIRGILE, *Énéide*, liv. VI.

Du reste, les conquérants et les gouvernements guerriers ont toujours entretenu le mépris de la mort dans le cœur de leurs soldats ou de leurs peuples; c'était de bonne politique. César, dont l'opinion en pareille matière peut sans injustice être suspectée, saisit une occasion dans son livre *De Bell. Gall.* (lib. VII), de s'élever contre le suicide. Il dit que « ce « n'est pas vertu, mais faiblesse, de ne pouvoir supporter les « maux de la vie. » Il est très-remarquable de trouver les mêmes idées dans la plupart des chefs absolus qui regardent comme une sorte de propriété les populations soumises à leur empire. Napoléon, qui fut si souvent comparé à César et qui, sous ce rapport, présente encore une ressemblance avec ce grand capitaine, fit, le 22 floréal an X de la République (12 mai 1802), une proclamation dont l'idée mère existe dans le passage que je viens de citer (1).

Ainsi, l'antiquité se partage en deux opinions opposées,

(1) Voici le texte de cet ordre du jour. « Le premier Consul ordonne qu'il soit mis à l'ordre du jour de la Garde : — Qu'un soldat doit savoir vaincre la douleur ou la mélancolie des passions ; qu'il y a autant de vrai courage à souffrir avec constance les peines de l'âme qu'à rester fixé sur la mitraille d'une batterie. — S'abandonner au chagrin sans résister, se tuer pour s'y soustraire, c'est abandonner le champ de bataille avant d'avoir vaincu. »

Signé BONAPARTE.

l'une favorable, l'autre défavorable au suicide ; mais on voit qu'elle penche manifestement vers la première, car la plupart des hommes dont elle s'honore réservent des louanges à cet acte et s'en font les panégyristes. Maintenant nous allons voir l'opinion générale prendre, sous l'influence du catholicisme, une direction contraire, et, jusqu'à nos jours, se maintenir constamment dans la même voie. S'il arrive désormais à quelques sophistes de glorifier le suicide, leurs paroles ne trouvent aucune sympathie, et les hommes les plus éminents s'appliquent à les contredire, ou dédaignent ces vaines déclamations.

L'Évangile, en jetant dans le monde le principe éminemment civilisateur de l'amour chrétien, changea tout à coup la face des choses. En disant aux hommes « Aimez-vous comme des frères », il leur apprit que le sentiment égoïste de la personnalité devait être jeté dans l'oubli, et que l'individu devait en faire le sacrifice sur l'autel de la charité chrétienne. Abnégation et dévouement, tel fut le principe substitué par la morale de l'Évangile, au principe païen de l'égoïsme et de l'intérêt personnel. Dès ce moment, l'opinion universelle se transforma, et condamna le suicide comme le plus grand de tous les crimes. Le premier pas fait, il est facile d'en prévoir les conséquences. Les conciles, les papes portent la première condamnation, et bientôt ils sont imités par les princes de la terre. Les lois civiles, modelées sur les lois religieuses, prescrivent des peines sévères contre cette terrible action. Les unes frappent le cadavre, les autres les héritiers du défunt. Cependant ces lois ne sont pas absolues, et consacrent déjà le principe des circonstances atténuantes : à Rome, sous les empereurs, la loi établit une distinction importante dans le suicide et gradue la peine. L'acte s'accomplit-il sous l'influence de l'aliénation mentale, le malade est déclaré non coupable et les héritiers succèdent. Un crime a-t-il été commis avant le suicide, la confiscation des biens et la peine capitale sont réservées aux prétendus coupables. Au contraire, la tentative est-elle sans résultat, le malade est réputé infâme pendant la vie et privé de sépulture après la mort. Enfin, s'il est pris en flagrant délit, on le condamne au dernier supplice et ses héritiers sont déclarés indignes de lui succéder.—En Angleterre, les corps des suicidés sont jetés à la voirie; en France, les cadavres sont pendus par les pieds, attachés sur une claie et conduits à la voirie après avoir été ignominieusement traités dans la boue. Du temps de saint Louis on confisquait les biens du défunt au profit du gouvernement ou du seigneur sur les terres duquel le *crime* avait été commis. Cette loi, empruntée à la législation romaine, se colorait, il est vrai, d'une apparence de moralité; mais, au fond, elle ne faisait qu'autoriser une véritable rapine. De nos jours encore le clergé refuse la sépulture ecclésiastique à ceux qui ont attenté à leurs jours. Je pourrais citer bien d'autres lois encore : je m'en abstiens; ce serait sortir de mon sujet.

Ce n'est pas seulement dans les lois qu'on trouve la condamnation du suicide; cette opinion, passée dans les mœurs, se trahit à chaque instant et dans les occasions les plus solennelles. On la rencontre dans la polémique philosophique, dans les discussions politiques, dans les lois de la morale; ouvrez les ouvrages de longue haleine, les écrits périodiques, les feuilles quotidiennes, vous la trouverez partout. Faut-il en donner la preuve? Mais nous n'avons que l'embarras du choix. Les statisticiens modernes, par exemple, mettent le meurtre volontaire de soi sur la même ligne que les délits contre les personnes et les propriétés. « Le suicide, disait M. de Cormenin, à l'Académie des sciences morales et politiques, y est (dans la campagne) en progrès comme l'empoisonnement par l'arsenic, comme les outrages à la pudeur, comme l'incendie par vengeance. » (*Livre des communes*, par Roselly de Lorgues, p. 18.) M. Guerry a de même fait le rapprochement vicieux que je signale en ce moment (1). Les

(1) *Recherches sur la statistique morale de la France.*

éléments de la plupart de ces statistiqnes sont puisés dans les cartons du ministre de la justice, qui, lui aussi, publie des comptes-rendus dans lesquels il donne des résultats de même nature. Si nous ouvrions les autres ouvrages de même genre, il est à peu près certain que nous y trouverions des observations analogues.

Ce que je viens de dire suffira, je crois, pour établir que les statisticiens de nos jours ont fait comme les législateurs anciens et modernes et comme les philosophes de tous les temps, c'est-à-dire qu'ils ont attaché une idée de *criminalité* ou au moins d'*imputabilité* à l'action du suicide. Indépendamment de l'assimilation injurieuse d'un suicidé à un criminel, la comparaison est fausse et inexacte, car on ne peut imputer à un homme que les actes commis par lui dans l'exercice de sa pleine liberté.

J'ai rappelé en quelques mots l'opinion de quelques philosophes qui ont accueilli ou approuvé le suicide. Il est évident qu'ils ne pouvaient se ranger à aucun de ces deux partis sans attacher un degré de responsabilité morale quelconque à cet acte. Ceci devient excessivement clair, si l'on remonte aux raisons invoquées par eux, pour prouver que l'homicide de soi-même n'est pas permis. Ainsi ils soutiennent que le suicide est un attentat contre la loi de nature ; car, disent-ils : 1° l'homme n'est pas maître de sa vie, qui n'appartient qu'à Dieu ; 2° l'homme doit vivre pour la société ; 3° il doit « se conserver dans un état de félicité et se perfectionner « de plus en plus » ; 4° il doit respecter l'instinct de conservation qui vient du Créateur ; 5° enfin l'homme doit vivre non-seulement pour suivre la volonté de Dieu, mais encore pour « la gloire du Créateur et pour manifester ses perfections.»

Sans entrer ici dans une discussion approfondie, prématurée, on me permettra cependant une courte observation : de pareils raisonnements s'adressent évidemment aux hommes atteints de la monomanie suicide, car s'ils s'appliquaient à d'autres ils seraient trop naïfs. Or, une argumentation de cette sorte pèche de deux manières : d'abord, parce qu'elle parle à de pauvres insensés le langage de la saine raison qu'ils ne peuvent plus comprendre ; ensuite, parce qu'elle prend le devoir pour base, ce qui est absurde, je dis plus, ce qui est inutile. En supposant même à l'acte de suicide toute la criminalité possible, on commet une inconséquence en s'appuyant sur les lois divines et humaines pour convaincre l'infortuné qui les foule aux pieds et se met en état de guerre et de révolte contre elles ; peut-on protester plus énergiquement qu'en faisant le sacrifice de sa propre vie ?

En résumé donc, il faut reconnaître que le suicide, loué par les uns, blâmé par les autres, a toujours été imputé à ses auteurs tantôt comme une action glorieuse et comme le triomphe souverain de l'homme sur lui-même, tantôt comme une action basse et ignominieuse, ou même comme un crime. On a admis de rares exceptions à cette loi de l'imputabilité, exceptions légitimées par la complication évidente d'aliénation mentale.

Ces deux opinions opposées sont également éloignées de la vérité. Je les repousse l'une et l'autre, et vais essayer de prouver que la responsabilité morale ne peut jamais atteindre celui qui attente à ses jours ; car, malgré les apparences contraires, celui qui commet une pareille action ne jouit pas de la plénitude de sa liberté morale.

Si je démontrais que le suicide constitue une maladie véritable, que tous ses phénomènes, considérés dans leur essence, dans leurs rapports, dans leur filiation, dans leur développement, etc., ne sortent pas du cadre des symptômes pathologiques ordinaires, j'aurais déchargé les suicidés de toute accusation de culpabilité dirigée contre eux. Telle est la tâche que je me suis imposée. Pour la remplir, j'aurai à parcourir l'histoire complète du suicide depuis la définition jusqu'au traitement.

SECTION II.

D'accord en cela avec M. Falret (1) et la plupart des

(1) Voy. *Traité de l'hypocondrie et du suicide*, pag. 3, 1 vol. in-8.

médecins spéciaux, nous dirons qu'il y a suicide quand le malade aura conscience de son action et que cette action sera le résultat funeste de la volonté.

Cette définition donnée, et avant d'aller plus loin dans la discussion, il me semble nécessaire d'éclaircir un premier point ; je veux parler de la distinction à faire entre les faits de suicide véritable et certains actes qui en présentent les apparences.

L'histoire sacrée et l'histoire profane nous fournissent plusieurs exemples d'hommes qui se sont exposés sciemment et volontairement à la mort, sans avoir cependant commis l'acte de suicide. Rappelons quelques-uns de ces exemples : Samson, devenu aveugle, s'approche d'un temple dont il renverse les colonnes, et succombe sous les débris. Eléazar, placé sous l'éléphant auquel il donnait la mort, est écrasé sous le poids de l'animal. Epaminondas, après avoir demandé si son bouclier était sauvé, veut qu'on lui arrache le javelot dont l'évulsion lui causera la mort. Curtius se dévoue aux dieux, il se jette dans un gouffre pour sauver sa patrie. Régulus retourne à Carthage, aimant mieux s'exposer à la mort que de violer la foi jurée. L'histoire chrétienne est remplie d'exemples édifiants de saintes femmes qui préférèrent exposer leur vie à subir une honte (*potius mori quam fœdari*). Sainte Domnine et ses deux filles, sainte Bérénice et Prosdoce, se jetèrent à l'eau pour sauver leur chasteté ; sainte Pélagie et sa mère se précipitèrent d'un toit pour éviter les violences du préfet d'Antioche. (Saint Ambroise, *De Virginibus*, lib. III.) Saint Ignace, évêque, ne voulut point que les fidèles de Rome demandassent sa grâce. *Voluntarius morior*, inquit, *quia mihi utile est mori*. Il serait facile de citer un grand nombre de dévouements aussi généreux inspirés par la foi, par les croyances politiques ou même par des sentiments tendres mais exaltés, tels que ceux de l'amour, de l'amitié, etc. Dans ces divers actes, on ne trouve pas les caractères du suicide ; car, s'exposer à la mort, se placer même dans des conditions telles qu'il soit impossible d'y échapper, ce n'est pas vouloir se faire mourir, ce n'est pas agir dans l'intention formelle et exclusive de se donner la mort.

Si le suicide n'existe pas dans les conditions que je viens de signaler, à plus forte raison n'existera-t-il pas pour ces âmes tendres, mais passionnées, qui, sentant le vide et le néant autour d'elles, réclament ardemment une autre patrie. Il existera moins encore pour ces membres de la Convention nationale, par exemple, qui, dit-on, se sont « suicidés dans leur honneur. » Cette dernière distinction n'est pas aussi vaine qu'elle pourrait le paraître tout d'abord, car la confusion qu'elle détruit a été commise par des penseurs habiles qui n'ont pas voulu assez approfondir la matière.

Cette première explication était nécessaire pour détruire toute espèce d'équivoque, et pour préciser exactement les limites entre lesquelles le suicide se trouve contenu ; elle était nécessaire encore pour éliminer des cadres pathologiques du suicide les faits qui lui sont étrangers.

Il paraîtra difficile, au premier abord, de faire concorder la définition précédente avec l'opinion qui écarte de l'acte du suicide toute responsabilité morale. Eh quoi ! dira-t-on, lorsque l'homme agit sous l'influence de cette lumière intérieure qu'on appelle la conscience, lumière qui lui fait discerner le bien du mal, qui lui donne le sentiment du juste et de l'injuste ; lorsqu'il agit après délibération et que la volonté la plus expresse préside à la perpétration de l'acte, peut-on supposer que nulle culpabilité ne vienne l'atteindre ? Peut-on dire qu'il soit entièrement innocent ?

La question est difficile, je l'avoue ; néanmoins je ne crains pas de répondre par l'affirmative. Pour le prouver, voyons ce qui se passe dans les faits analogues. Je vais choisir, parmi des milliers d'observations, l'histoire d'une jeune femme qui habite actuellement Paris.

Madame*** jouit d'une santé générale assez bonne ; quelques années avant sa maladie elle eut des accidents nerveux, des crampes d'estomac, et différents troubles de la digestion, qui

se passèrent incomplétement sous l'influence d'un traitement
tonique un peu long. A peine la gastralgie eut-elle cédé que
des idées fort singulières vinrent assaillir cette malade; elle
croyait qu'elle allait manquer de tout; de pain, de vêtements,
de bois et même de mari. Dès lors elle se mit en devoir de
faire des provisions de viande, de pain, de beurre, d'œufs, de
fromage, de petits morceaux de bois, de rubans, de
toile, et surtout de tilleul, de sureau, de feuilles d'oran-
ger, etc., etc. Le soir, lorsque les dix heures arrivaient, cette
infortunée, pensant que les boutiques allaient être fermées,
recherchait avec un soin extrême tout ce dont elle *pourrait*
avoir besoin pendant la nuit; elle visitait ses armoires, passait en revue chacune de ses provisions, et cela, avec le soin
le plus scrupuleux. S'il lui manquait quelque chose, elle
entrait dans un état d'agitation qui tenait presque du délire,
et elle n'était satisfaite qu'après avoir fait la provision dont
elle croyait avoir besoin. Si toutes les armoires étaient convenablement garnies, l'inquiétude persistait néanmoins;
alors elle examinait, avec une attention toute minutieuse,
chaque provision en particulier, et elle ne manquait pas d'en
découvrir une qui *aurait pu* se trouver trop vieille ou altérée,
et la substance était sur-le-champ remplacée. Cela fait, la
malade s'endormait du sommeil le plus calme. Si, par une
cause indépendante de la volonté, cette provision ne pouvait pas être faite, la nuit était excessivement agitée, les
craintes les plus exagérées tourmentaient la malade; le sommeil était impossible. Lorsque je me présentai auprès de
cette dame, elle me raconta sa maladie avec la plus grande
lucidité, et me donna les détails les plus circonstanciés sur les
faits qui lui donnaient de l'inquiétude et qui lui inspiraient
la crainte de devenir folle. « Il n'est pas naturel, me disait-
elle, d'être tourmentée comme je le suis par la crainte de
manquer de tout. Les provisions que je fais sont trop fortes
et par conséquent elles s'altèrent, ce qui me force à les re-
nouveler plus souvent : de cette façon nous sommes plus

mal nourris et nous dépensons davantage ; je le sais, je le déplore, mais cela est plus fort que moi. J'ai maintes et maintes fois essayé de me corriger de ces [habitudes sans pouvoir y parvenir. Lorsque je dois passer devant la bouti- que d'un boulanger ou d'un pâtissier, je détourne la tête et passe de l'autre côté de la rue, afin de ne pas céder à la ten- tation d'acheter quelque chose. Il y a deux jours, j'ai eu en- vie d'acheter un œuf dont je n'avais nul besoin. J'ai imaginé de mettre dans ma poche un œuf pris dans mon armoire, d'aller chez la fruitière et de revenir à la maison avec mon œuf. J'espérais me tromper de la sorte, mais le stratagème ne réussit pas. Je fis ma visite à la fruitière, je causai de choses indifférentes et la quittai ; mais à peine avais-je tra- versé le milieu de la rue, qu'une sorte de puissance invincible me ramena malgré moi chez la fruitière et me contraignit à satisfaire mon besoin imaginaire. » Elle me raconta ensuite une foule de faits analogues à ce dernier, déplorant amère- ment la position mentale dans laquelle la plaçaient toutes ses extravagances. Je lui demandai si elle pourrait aller à la campagne. « J'y ai déjà songé, me dit-elle, cela pourrait me distraire et faire changer mes idées ; mais détrompez-vous, je serais *obligée* de faire à la campagne les mêmes provisions que je fais ici ; ce qui m'entraînerait dans de trop grandes dépenses. » A part cette manie d'accumuler des provisions inutiles, cette femme se trouvait dans un état de santé par- faite et avait conservé le libre usage de son intelligence ; elle se rendait exactement compte de son état, s'accusait de fai- blesse, de pusillanimité, mais avouait qu'une volonté supé- rieure la dominait, et qu'elle ne cédait qu'après une lutte opiniâtre.

Je ne m'étendrai pas davantage sur ce fait dont l'impor- tance est immense, on le comprendra facilement. Faire des provisions est en apparence fort simple et fort innocent ; mais les faire sous l'influence d'une volonté irrésistible, constitue un trait d'aliénation palpable. Cependant cette malade avait

une conscience pleine et entière de son acte; elle l'accomplissait, en résistant il est vrai, mais elle l'accomplissait
d'une manière raisonnée, quoique irrésistible. Elle savait
qu'elle agissait contre ses propres intérêts, qu'elle se nuisait
à elle-même, bien plus, qu'elle obéissait à une pensée délirante, et cependant elle obéissait! Il y avait donc, comme
cause première et véritablement efficace, une force supé-
rieure qui dominait tout, et, comme conséquence, des actes
dirigés par la volonté, connus par la conscience et réprou-
vés par elle. Peut-on admettre que cette femme était mora-
lement responsable de ses actes? cela me paraît impossible,
car il faudrait attribuer la même responsabilité à tous les
actes d'aliénation mentale. Bien que la volonté ait pris une
certaine part dans l'accomplissement de ces divers traits de
folie, on ne peut, en conscience, dire que cette volonté était
maîtresse, puisqu'elle était soumise à une sorte de puissance
instinctive et aveugle dont la malade se rendait compte, mais
à laquelle elle ne pouvait se soustraire. Le but de la pensée
délirante était parfaitement innocent dans ses résultats, et,
par conséquent, n'avait attiré l'attention de personne, si ce
n'est celle du mari et de la malade elle-même; tout s'était
passé dans l'intérieur de la maison, et il n'y avait pas eu
d'éclat. Cet exemple nous offre encore un intérêt d'une bien
autre importance, car la malade ne présentait aucun égarement d'esprit, aucun délire. en un mot, dans le sens général de cette expression : son raisonnement était juste et ne
s'écartait pas des règles de la saine raison, même lorsqu'elle
parlait de l'objet de son aberration cérébrale. Elle délirait
dans ses actes, nullement dans ses discours. Elle agissait
donc sous une influence secrète et cachée, influence pareille
à celle qui pousse la plupart des monomanes, et surtout la
plupart des monomanes suicides. Son intelligence n'avait
reçu aucune atteinte appréciable; elle se conduisait avec une
grande logique, et nul n'aurait pu saisir dans son entretien
le plus léger symptôme de trouble intellectuel.

Faisons maintenant une supposition; changeons l'objet du délire, et nous aurons, selon la supposition, ou bien une monomanie religieuse, ou une hypocondrie, ou une mono- manie homicide, ou enfin une monomanie suicide. Que l'on assimile alors tous les termes de la comparaison, et l'on n'ac- cusera pas plus l'hypocondriaque des symptômes de sa ma- ladie que le maniaque proprement dit, ou que la malade dont je viens de parler. Or, le monomane suicide se trouve dans les mêmes conditions; pourquoi ses actions lui se- raient-elles plutôt imputables que ne le sont à leur auteur celles du monomane érotique, ou de tel autre aliéné?

Les exemples analogues à celui que je viens de citer s'ob- servent très-facilement dans les maisons d'aliénés; je l'ai choisi entre mille, parce qu'il présente un objet de délire presque sans importance, parce que l'état mental de la malade est exactement assimilable à celui des monomanes suicides, et enfin parce qu'on peut faire à son occasion, sans choquer aucune idée reçue, tous les raisonnements que je regarde comme exactement applicables aux faits de suicide.

Les symptômes de suicide nous offrent de grands ensei- gnements propres à nous mettre sur la voie de la nature de cette maladie.

La monomanie suicide débute parfois d'une façon si sou- daine, que l'acte du malade préexiste à toute délibération, et qu'il cède d'une manière irréfléchie et involontaire à un en- traînement aveugle qui le pousse à sa perte. Un homme apprend une mauvaise nouvelle, on lui annonce, par exem- ple, qu'il vient d'être trahi par les siens, qu'il vient de faire une perte considérable, etc., il saisit l premier instrument qui lui tombe sous la main et se donne la mort. Cet infortuné jouissait, en apparence au moins, il y a un instant à peine, de l'intégrité de ses facultés intellectuelles, et rien ne pouvait faire présager un pareil événement; un instant de délire a suffi pour le conduire à l'accomplissement d'un acte aussi

grave. M. Bouchet (1), médecin en chef de l'asile des aliénés de Nantes, a cité l'histoire d'un malade, le nommé
Charpentier, âgé de cinquante-deux ans, qui fut atteint de
lypémanie suicide, développée *presque instantanément à la
suite d'une chute* dans l'eau. Cette maladie fut toujours
croissante jusqu'à la fin, et sembla se terminer par une tor-
peur des facultés intellectuelles et des symptômes abdominaux légers, suite d'une longue abstinence. (*Etude pour
servir à l'histoire de l'influence de la folie sur les fonctions et
les maladies du corps humain et réciproquement.*) Je rappellerai encore le cas suivant, aussi remarquable par son
mode de développement subit que par l'énergie du malade.
Un boucher, dans la haute Silésie, mélancolique et livré
au désespoir, se frappe plusieurs fois la tête contre les murs,
puis il saisit un couperet, et du tranchant de cet instrument
se frappe le front avec tant de force et d'opiniâtreté, qu'il
tombe mort. Le milieu du front est percé d'un trou longi-
tudinal de bas en haut, et d'un demi-pouce de large en dedans, un peu plus étendu en dehors, à bords inégaux et
hachés. Autour de ce trou existent une vingtaine de solu-
tions un peu plus petites, provenant de coups de couperet
plus faibles et en partie mal appliqués. On a calculé que ce
malheureux avait dû se porter au moins une centaine de
coups avant de succomber à sa fureur. Cet homme venait
de surprendre sa femme en flagrant délit d'adultère avec un
de ses ouvriers, et c'est ce qui l'avait mis hors de lui. (*Revue
médicale*, avril 1827.) Dans les cas de cette espèce, on dit
que les symptômes précurseurs de l'accès ont manqué complétement ; mais, ce qui est plus probable, ce sont les observateurs eux-mêmes qui ont manqué. Pour trouver l'explication d'un entraînement aussi soudain, il faut nécessairement
remonter aux antécédents du malade ; là on retrouve des
traces jusqu'alors inaperçues de troubles nerveux, et si l'on

(1) Voy. *Annales médico-psychologiques*, mars 1845.

apporte dans cette recherche tout le soin nécessaire, l'expérience apprend qu'elle n'est jamais infructueuse.

Je vais plus loin, quand même l'observation ferait défaut, quand on ne découvrirait aucune filiation entre le phénomène actuel et d'autres accidents nerveux antérieurs, cela ne prouverait nullement que le malade n'a pas obéi à une impulsion maladive. On observe à chaque instant des affections mentales débutant brusquement. Un couvreur venait de faire une chute au palais Bourbon ; on le porte aussitôt chez lui, sa femme en l'apercevant devient folle. Si cette malheureuse malade s'était tuée, eût-elle cédé à une autre influence qu'à celle de la folie?

Le meurtre volontaire de soi, provoqué par les passions, est moins brusque, et s'annonce presque toujours par des symptômes d'excitation nerveuse, qui vont toujours en croissant jusqu'au degré le plus élevé, et se terminent par le paroxysme final, par le suicide. Cette période de développement est marquée par divers symptômes précurseurs qui n'ont rien de véritablement caractéristique : de sorte qu'il est impossible de juger *à priori* des phénomènes qui vont suivre. Le malade est tourmenté, inquiet, remuant ; la moindre chose l'irrite, une pensée intérieure le dévore, et nul ne peut dire quelle est la forme de folie qui doit suivre, ou même, si l'aliénation mentale se développera. L'irritabilité nerveuse dont je parle est tellement fréquente et se lie à des espèces d'aliénation si diverses, qu'il y aurait de la témérité à affirmer qu'elle relève de telle ou telle cause déterminée ; ce que je voulais seulement établir, c'est qu'elle se rencontre dans certains cas de monomanie suicide, comme dans diverses autres monomanies.

L'état chronique s'observe beaucoup plus fréquemment que l'état aigu. Les phénomènes précédant l'accès sont constants. Alors on voit les malades se préparer à la longue, arranger leurs affaires, écrire à leurs amis, choisir le lieu du supplice, disposer avec art tout ce qui sera nécessaire

à son accomplissement, prendre les précautions les plus mi-
nutieuses pour assurer la réussite : ainsi ils donnent des ordres pour écarter les témoins, font le choix des moyens les
plus doux, les plus commodes ou les plus sûrs : souvent ils
laissent des lettres dans lesquelles ils remercient les personnes qu'ils aiment, ou disent des injures et font des re-
proches à leurs ennemis ; quelquefois ils demandent pardon
à Dieu et aux hommes de l'acte qu'ils ont résolu d'accomplir. Enfin, quand tous les préparatifs sont terminés, que la
résolution est bien prise, le malade fixe l'heure de l'exécution, puis, le moment venu, le sacrifice s'accomplit. Il est
rare de ne pas trouver dans les écrits dont je viens de parler
des signes évidents de trouble mental. Quand l'enchaîne-
ment des idées s'y fait logiquement, on rencontre une exal-
tation de sentiments, une chaleur d'âme qui touche à la passion et ordinairement la dépasse pour tomber dans la
monomanie. Les journaux quotidiens sont remplis de lettres
de cette façon jetées en pâture à la curiosité de leurs lecteurs ;
je citerai la suivante que j'ai prise au hasard et la première
qui me tombe sous la main. « Mon père! pourquoi être
maçon?... Cette pensée me tue ; je ne puis me résoudre à
dire aux gens parmi lesquels j'ai vécu jusqu'à présent :
Mon père est maçon! Avec moins d'amour-propre j'étais
perdue; je vais mourir... Merci, mon Dieu! » Voici en
quelques mots l'histoire de la malade par qui cette lettre fut
écrite. Héloïse N., fille d'un maçon (rue Coquenard), avait
été mise de bonne heure dans un pensionnat. Son éducation
terminée, elle revint chez son père, simple ouvrier, qui
s'était imposé des privations de toute nature pour donner
à sa fille une éducation de demoiselle ; alors elle entra dans
un magasin de nouveautés pour tenir les livres. Mais cette
position était bien loin de répondre aux espérances de la
jeune fille, élevée avec des enfants appartenant à de riches
familles. Elle avait quitté le magasin où elle était employée
pour revenir chez son père, puis elle avait depuis deux jours

abandonné ce dernier et avait loué une chambre à l'hôtel
Brady. A peine installée dans ce modeste domicile, la jeune
fille s'y enferma, écrivit longuement, sortit à plusieurs reprises et rentra vers la fin du jour. La soirée et le lendemain se passèrent sans qu'on l'aperçût. Cependant le père,
que la disparition de sa fille avait mis au désespoir, s'é-
tait mis à sa recherche et avait fini par découvrir sa retraite.
Il court en toute hâte à l'hôtel, mais en arrivant dans la
chambre qu'on lui indique, il aperçoit sur le lit le cadavre
de sa fille morte depuis vingt-quatre heures. Cette malheureuse jeune fille s'était asphyxiée à l'aide de deux fourneaux
remplis de charbon, et sur une table à côté d'elle se trouvait
la lettre précédente qu'elle avait écrite à son heure suprême.

La détermination prise par un malade dans le silence et
dans le calme le plus apparent ne se fait pas sans un combat
intérieur cruel. Mille et mille conseils différents se présentent à la raison, et ce n'est souvent qu'au bout de plusieurs
années de lutte que celle-ci succombe. Cette lutte est
le plus souvent intérieure et cachée; elle semble augmenter
peu à peu jusqu'à ce qu'elle ait une terminaison dans la crise
finale. M. le docteur Vingtrinier (1) a parfaitement distingué les caractères de ce combat intérieur et l'a rapporté à sa véritable cause... « D'autres personnes, dit-il, peu à peu arri-
« vent à être *maîtrisées* par des idées fixes qui assiègent leur
« intelligence, et ce sont ces sujets que la science moderne a
« fait classer positivement parmi les aliénés, comme atteints
« de monomanie. Ici, la position est bien plus grave. Le
« libre arbitre, *malgré l'apparence contraire*, est positive-
« ment compromis, et cela arrive par continuité, ou, notez
« bien cela, seulement par *accès*, ce qui en rend l'appré-

(1) *Opinion sur la question de la prédominance des causes morales
et physiques dans la production de la folie*; par le docteur Vingtrinier, médecin des prisons de Rouen, membre de l'Académie royale des
belles-lettres et arts de Rouen.

« ciation souvent difficile, et peut exposer à de bien redou-
« tables erreurs dans le monde ou en justice; comme à une
« sécurité bien fâcheuse dans les familles » (p. 22).— Ici
se trouve une analogie nouvelle entre le suicide et les diverses formes de monomanie. La résolution prise par le malade constitue l'idée délirante. Son développement lent et graduel au milieu des entraves que la raison y oppose, la ténacité
avec laquelle elle se fixe dans l'esprit du malade, sont des
conditions qu'on rencontre dans toutes les monomanies.

J'ai dit que les phénomènes précurseurs existaient constamment. Lorsque l'esprit éprouve cette lutte secrète qui
précède l'accès proprement dit, divers symptômes s'observent du côté des viscères, comme on le voit surtout dans
l'hypocondrie. Ainsi, le système général de la digestion se
trouve entravé. L'estomac fonctionne assez mal; les aliments même les plus facilement assimilables ont de la difficulté
à passer, comme on dit vulgairement; l'appétit est très-
obscur; il y a de la chaleur d'entrailles, quelquefois de la
diarrhée, souvent de la constipation, des borborygmes, des
coliques sourdes et passagères. L'amaigrissement général
survient à la longue, les yeux se cavent, la peau prend une
teinte jaune ou verdâtre. Le pouls est petit et ordinairement
fréquent, le soir ou le matin il n'est pas rare de le voir s'é-
lever à l'état fébrile. Des sueurs nocturnes peu abondantes,
le cauchemar, des rêves pénibles viennent troubler le sommeil et priver le malade de repos. Une céphalalgie sourde,
des pesanteurs de tête l'empêchent de se livrer à des travaux
intellectuels. Un engourdissement musculaire général lui ôte
la facilité de prendre de l'exercice et le retient au lit ou à la
chambre. Les promenades lui sont pénibles autant parce
qu'elles exigent un déplacement que parce qu'elles deviennent un motif de distraction : or, ces malades veulent rester
plongés dans leurs peines et ils repoussent tout ce qui peut
en distraire leur esprit. La respiration se trouve assez sou-

vent gênée. Le trouble des grandes fonctions varie selon les individus, et il présente des formes très-différentes et surtout une physionomie très-variée dans les différents malades. Les changements atmosphériques semblent avoir une influence particulière sur la production de ces diverses formes de malaise. A ces perturbations physiques qui frappent l'économie entière, se joignent des troubles nerveux dont l'importance n'est pas moindre. Ainsi, on remarque une sorte d'apathie et d'engourdissement cérébral, de la nonchalance, de la mauvaise humeur, des contrariétés à propos de rien, et un certain fond de tristesse qu'on ne peut surmonter. Le visage reflète très-bien cette mélancolie intérieure, le malade reste pensif et rêveur, son regard est fixe et inquiet. De cet état à la folie, la distance est courte.

Parmi les signes précurseurs du suicide, on a signalé aussi les perpétuelles menaces de certains malades. Il ne faut pas trop attacher d'importance à ces propos, car ceux qui répètent le plus souvent qu'ils veulent se détruire, sont ceux qui en ont le moins envie. J'ai vu beaucoup de femmes nerveuses employer ce moyen et l'accompagner de force extravagances pour faire plier à leur volonté ceux qui les entouraient, ou pour obtenir la satisfaction de certains caprices. Dans certains cas, cependant, les lypémaniaques laissent percer leur projet dans des paroles indiscrètes ou dans des instants de colère ; alors il faut tenir compte de cet aveu et prendre les mesures que la prudence conseille, pour éviter le malheur dont on est menacé.

L'exécution du suicide présente en elle-même un puissant intérêt pour le médecin, soit relativement aux symptômes concomitants, soit relativement au mode de destruction.

Le choix de l'instrument ou du moyen de se donner la mort révèle presque toujours une disposition d'esprit particulière, telle qu'on l'observe dans les autres monomanies. Voyons d'abord les résultats fournis par une statistique puisée dans les archives de la Préfecture de police de Paris. Sur 1044 suicides constatés dans les années 1820, 21 et 24 :

371 avaient eu lieu par submersion.
148   id.   par armes à feu.
142   id.   par asphyxie par le charbon.
117   id.   par des chutes graves.
108   id.   par strangulation.
 93   id.   par instruments tranchants, piquants.
 65   id.   par empoisonnement.

Dans ce tableau on ne trouve aucun malade ayant succombé par abstinence, cause qui joue pourtant un grand rôle parmi celles de la mort volontaire, car M. Esquirol a constaté que 48 suicides sur 205 avaient eu lieu par abstinence. On peut expliquer ce silence de la Préfecture de police en disant que la connaissance des morts violentes seules lui parvient. L'un des exemples les plus frappants de suicide par abstinence, est celui de Spencer, considéré comme le plus grand poète du règne d'Elisabeth. Après avoir vécu malheureux, il mourut de faim dans toute la force du terme. Au moment où il allait expirer, le comte d'Essex lui envoya 20 livres sterling. « Remportez cet argent, dit-il, je serais mort avant de pouvoir m'en acheter du pain. »

On a depuis longtemps fait la remarque que l'habitude de se servir d'un instrument quelconque détermine presque constamment le choix du malade ; en effet, il met presque constamment en usage les moyens qui sont habituellement à sa disposition. Les soldats, par exemple, se servent des armes de guerre pour se donner la mort, les chimistes s'empoisonnent, les perruquiers se coupent le cou avec le rasoir, les blanchisseuses s'asphyxient ou boivent de l'eau de javelle, les médecins prennent de l'opium et le plus souvent de l'acide prussique, etc., etc. En général, on peut dire que les hommes préfèrent les moyens violents ; les femmes, au contraire, les moyens les plus doux et les moins douloureux. On dirait qu'elles consentent à mourir, tandis que les hommes ont la volonté de se sacrifier.

Evidemment les malades choisissent les moyens de destruction qui leur sont familiers, par la même raison que les autres maniaques ou les monomanes délirent le plus communément sur les objets ou sur les idées qui sont le terme de leurs préoccupations habituelles. La folie avec orgueil est sans contredit l'une des plus fréquentes que l'on rencontre. Je l'ai observée chez un jeune homme de la campagne qui avait été élevé dans la condition de ses parents, simples journaliers qui se livraient à la culture de la terre. A côté de la chaumière paternelle se trouvait celle d'un peintre en bâtiments. Dès son bas âge le jeune malade avait ambitionné la position du voisin; aussi, lorsque le délire survint, il se donna une suite de titres, parmi lesquels on distinguait ceux de *fils de Napoléon, empereur souverain des Français, juge de paix* et *peintre en bâtiments*. Ce dernier titre le charmait surtout. Il y a incontestablement dans ce fait, comme dans des milliers d'autres analogues, la preuve d'une préoccupation semblable à celle qui pousse les suicidés à choisir pour instrument de mort celui qu'ils ont ordinairement entre les mains et dont ils se servent avec le plus d'adresse.

Il y a des malades qui mettent en œuvre des moyens de destruction insignifiants ou ridicules. Un habitant de Saint-Denis s'occupait depuis plusieurs jours à fabriquer un œuf de carton. A peine eut-il fini qu'il le remplit de poudre, le plaça dans sa bouche, et demandant du feu à sa femme comme pour allumer sa pipe, y mit le feu et se fit sauter la cervelle. On a vu des malades défaire leurs matelas pour avaler petit à petit et sous forme de boulettes le crin et la laine qu'ils contenaient; d'autres courent à toutes jambes dans l'intention de se donner un anévrysme, en un mot, ils emploient les moyens les plus bizarres pour arriver à la mort. Je signale ces faits sans avoir besoin de les rapprocher de l'aliénation mentale; ce rapprochement se fait de lui-même et devient évident.

A l'occasion du choix des moyens de destruction, il est un fait bien remarquable qui ne peut être passé sous silence. On connaît l'histoire de malades qui avaient arrêté de se faire mourir par un moyen quelconque, et qui n'auraient jamais consenti à périr autrement. Les uns veulent s'asphyxier, ceux-là se noyer, d'autres se faire sauter la cervelle d'un coup de pistolet, etc., etc. Cette idée est tellement enracinée et tellement isolée, qu'on peut sans crainte leur confier divers instruments ou des moyens de destruction étrangers à celui qu'ils ont choisi : cependant j'avoue qu'il ne serait pas prudent d'agir de la sorte; mais telle n'est pas la question à débattre en ce moment. L'idée délirante se trouvant exactement circonscrite, dépend précisément d'une disposition mentale, je ne dirai pas analogue, mais tout à fait identique à celle des autres monomanies.

Les circonstances qui accompagnent le suicide sont presque toujours des symptômes qui trahissent les passions, les habitudes et jusqu'au délire des malades. Dernier éclair de la raison agonisante, ces symptômes caractérisent profondément l'état mental des malades qu'on observe. Quelques-uns recherchent le calme et le silence; ils se cachent, s'éloignent de leurs parents et des personnes qui leur sont chères; quelquefois ils s'enfoncent dans des lieux déserts, ferment avec soin les portes qui pourraient laisser introduire les indiscrets; en un mot, ils veulent le secret et, pour l'obtenir, s'entourent d'une foule de précautions mystérieuses; on dirait qu'ils ne veulent pas qu'un regard humain puisse profaner le grand acte qu'ils vont accomplir. D'autres malades, au contraire, suivent une marche tout à fait opposée : au lieu de rechercher l'ombre et le silence, ils veulent l'éclat et le grand jour. La vengeance, la vanité ou l'amour-propre les dirigent dans leur entreprise. Ceux-ci, sans respect pour le foyer paternel, viennent s'immoler au milieu de leurs proches ; ceux-là se donnent la mort au milieu d'une fête, ou dans quelques solennités devant une multitude assemblée. Combien d'amants malheureux sont venus au pied de l'autel, ou bien au milieu du festin nuptial, se suicider sous les yeux de leur fiancée infidèle! Dans ces dernières années, plusieurs suicides ont eu lieu par précipitation du haut des monuments publics de Paris. Ainsi la colonne de Juillet a été le théâtre de trois précipitations successives dans les premiers mois de 1843. Parmi une foule de faits de ce genre, je rappellerai celui d'un individu qui monta sur la colonne de la place Vendôme pour se tirer un coup de pistolet dans la tête. Il est impossible de signaler les circonstances bizarres qui accompagnent ces divers actes de suicide; car on retrouve là toutes les idées qu'enfante l'imagination en délire. L'histoire de ce musicien qui fit exécuter une messe solennelle des morts et qui se tua au *requiescat in pace*, est célèbre dans les fastes de la science. Les faits de ce genre sont fréquents, je ne m'y arrêterai pas davantage. Singulière aberration de l'esprit! des hommes qui ont perdu tout respect des lois divines et humaines restent néanmoins encore esclaves de l'opinion publique et n'osent briser avec elle. Sur le point de quitter la terre, ils appellent encore l'attention des autres. Qui sait si, peut-être, nouveaux Erostrates, ils n'obéissaient pas à un fol orgueil, et ne pensaient pas à l'immortalité? Quelle que soit la supposition qu'on fasse, quelle que soit l'interprétation à laquelle on ait recours, il est impossible de ne pas voir dans ces observations des signes évidents de trouble cérébral.

J'ai dit que l'idée du suicide était longtemps à se fixer dans l'esprit du malade, mais il arrive un temps où elle acquiert toute la force d'une conviction. A force de se répéter, elle devient permanente et domine l'esprit du malade; à ce point, elle a précisément le caractère de l'idée fixe. La lutte impuissante de l'âme contre le penchant à la destruction s'épuise par son impuissance même, et s'éteint dans un combat sans espoir. Descendue à ce degré, la puissance humaine a perdu sa meilleure part de résistance, et l'homme a déjà fait un grand pas vers sa perte. Le malade commence par se familiariser avec l'idée de la mort ; il ne la repousse plus, mais il la reçoit avec indifférence. Bientôt après il la caresse pour ainsi dire, il vit avec elle, la prend pour compagne de toutes ses pensées et ne l'abandonne plus. Peu à peu elle prend sur l'âme un empire extrême, et le malade est contraint d'y succomber.

Voyons ce qui se passe dans l'esprit du pauvre insensé frappé si cruellement dans ce qu'il a de plus cher au monde, dans ses facultés intellectuelles et morales.

Quand le monomane suicide a porté contre lui-même l'arrêt fatal, il prépare tout pour l'exécution. S'il est doué d'une volonté ferme et énergique, on doit beaucoup craindre, car les précautions les plus délicates et les mieux entendues, les soins les plus assidus, la surveillance la plus active, ne sont pas des entraves suffisantes pour empêcher l'accomplissement du projet. Une fois, dix fois peut-être on arrêtera le bras du malade, puis une tentative nouvelle, ou plus audacieuse, ou plus habile, se trouvera couronnée de succès. Il est impossible de savoir toutes les ruses employées par les suicides pour arriver à leurs fins. Ils dépensent à cette œuvre de destruction des ressources d'esprit vraiment incalculables. On dirait qu'un génie infernal les pousse à leur perte et les guide dans la recherche des moyens qui doivent les y conduire. Le trait suivant prouve combien ils savent échapper à la surveillance. Le professeur Royer-Colard, médecin en chef de Charenton, faisant sa visite du matin, accompagné de M. Blegnie, venait de causer avec un lypémaniaque suicide. Le docteur Blegnie, en sortant de la loge, sentit la porte qui se fermait sur lui ; il se retourne, et aperçoit le malade qui venait de se pendre. La surveillance avait-elle été trop peu vigilante? personne ne le croira.

La ténacité des monomanes suicides est égale à celle de tous les aliénés monomaniaques. Lorsqu'ils veulent s'immoler, ils ne négligent rien pour se mettre en garde contre leur propre faiblesse, et ils prennent des mesures efficaces pour accomplir leur dessein. On en voit un grand nombre employant simultanément plusieurs moyens pour se faire mourir, afin de se mettre pour ainsi dire dans l'impossibilité d'échapper à la mort. Quelques malades prennent de l'opium et s'asphyxient ; d'autres s'enivrent avant de boire le poison, ceux-ci s'attachent une pierre aux pieds avant de se jeter à la rivière. « Un jeune homme, aussi distingué par la science que par son affabilité et la douceur de ses mœurs, donne quelques signes légers d'aliénation mentale ; la monomanie suicide s'empare de lui : il quitte la maison paternelle, armé de son fusil de chasse, se place sur le bord de la rivière vers l'endroit le plus profond, se brise la tête avec deux balles et tombe immédiatement dans l'eau. » S'il était nécessaire de citer des faits de cette nature, on pourrait ouvrir, pour ainsi dire au hasard, les ouvrages qui traitent de l'aliénation mentale ; mais de plus longs détails seraient superflus.

Il est utile d'insister sur la ténacité avec laquelle certains malades poursuivent leurs projets de suicide. Lorsque l'idée est devenue fixe, elle obsède continuellement l'esprit qui ne peut plus s'en débarrasser ; c'est une persécution affreuse. Cet état n'a rien de particulier pour le suicide, il appartient, au contraire, à toutes les formes d'aliénation mentale. On conçoit que la persistance d'une pensée qui se représente sans cesse est seule, sinon un signe de folie, au moins une cause capable de la produire. Dans l'état normal on observe quelquefois un symptôme analogue qui nous donne, pour ainsi dire, la raison de ce qui se passe à l'état pathologique. Rappelons nos souvenirs. Souvent, à l'occasion d'un rêve ou d'une impression quelconque, une idée se présente à l'esprit et s'y maintient avec une persistance étrange, mais de courte durée. Cette idée est-elle heureuse, elle nous préoccupe peu et souvent même n'appelle pas nos méditations ; les heures de bonheur passent vite ; on en jouit sans les compter et surtout sans songer à les analyser. Quand, au contraire, la cause est différente, les pensées qui la suivent sont tristes et lourdes, également tenaces, mais passagères. L'impression est néanmoins énergique et forte ; est-on agité d'un pressentiment obscur, on ne peut se défendre d'une sorte de terreur dont on ne sait se rendre compte ; rencontre-t-on une expression favorite, un air aimé, l'un et l'autre se présentent constamment à la bouche. Dans les deux cas, l'idée est fixe, mais éphémère, et la pensée se dégage vite de sa compagne importune. Ces faits constituent la transition véritable entre la pensée libre, spontanée, volontaire, et la pensée altérée, esclave et morbide. Du degré que je viens de signaler, au trouble mental de la monomanie, il n'y a vraiment qu'un pas imperceptible. Si donc la fixité de l'idée est si grande dans quelques cas physiologiques, quelle en sera la puissance sous l'influence de la monomanie !

L'une des conséquences les plus naturelles de la ténacité de l'idée de suicide est la répétition des tentatives. La première échoue-t-elle ? il faut se garder de croire que tout est fini ; il devient nécessaire de redoubler de zèle et de surveillance, car on peut présumer que les crises se renouvelleront.

J'ai donné des soins à un malade dont le père s'était suicidé. Celui-ci, après avoir acquis, à l'aide de son travail et de son intelligence, une belle position de fortune, s'était fait sauter la cervelle sans donner le moindre signe de trouble cérébral. Sa position pécuniaire était bien consolidée, on ne lui connaissait aucun chagrin domestique sérieux ; tout annonçait autour de lui l'ordre, l'aisance, et la paix intérieure. Et cependant il s'était suicidé ! Le mystère ne fut pas longtemps à s'éclaircir, et le développement d'une manie aiguë, qui emmena deux ans après le fils aîné, ainsi que la manie du fils cadet dont il est ici question, dissipèrent tout doute sur la nature de la maladie du père. Lorsque la manie s'était em-

parée du fils, la première idée délirante avait été une idée
de suicide ; il avait voulu se jeter dans la Seine, mais il en avait
été empêché par les gens chargés de le surveiller. De retour
chez lui, on le combla de mille soins, on fit ce qu'on put pour
le consoler, pour lui faire entendre raison : tout fut vain,
car à peine eut-il un moment de liberté, qu'il chercha ses pis-
tolets et son couteau de chasse pour en finir avec la vie.
L'exemple de récidive le plus remarquable que la science
possède est incontestablement celui qui nous a été conservé
par Esquirol. Ce célèbre médecin nous raconte qu'une dame,
sa cliente, essaya de se faire mourir tour à tour par strangulation, par précipitation, par abstinence d'aliments, par
immersion en se jetant à la rivière, par coups en se frappant
violemment la tête contre les murs et les meubles, par apoplexie, en se tenant la tête en bas et les pieds sur le lit ; par
syncope, en s'ouvrant les artères avec des morceaux de verre ;
par destruction des organes de la digestion, en avalant des
tampons de laine, des morceaux de bois, des cailloux, des
clous, en un mot tout ce qui pouvait lui tomber sous la main.
Dix-huit mois de surveillance et un traitement approprié
firent cependant justice de cette tendance au suicide. Cette
répétition des accès pendant une période déterminée, qui est
celle de la longueur des accès de monomanie, me semble
confirmer de plus en plus le rapprochement entre le suicide
et cette affection.

Lorsqu'un malade a résolu de périr, il met dans l'accomplissement de l'acte de sa propre destruction un sang-froid
qui aurait lieu de surprendre, si l'on ne reconnaissait qu'un
trouble cérébral préside à la perpétration d'un fait de cette
nature. On dirait que le corps du suicidé lui soit devenu
pour ainsi dire étranger ; car il se porte des coups avec autant d'énergie et surtout avec autant d'adresse que s'il s'a-
gissait d'une autre personne ou d'un objet inanimé. On peut
trouver la preuve de cette assertion dans les résultats de la
statistique. Ainsi, sur 2808 suicides, on en a trouvé 2020

qui avaient réussi immédiatement, et seulement 788 qui avaient fait des tentatives infructueuses. Proportion énorme en rapport avec la proportion relative des monomanes, dont la pensée est forte et la volonté ferme. D'un autre côté, ne trouve-t-on pas d'autres monomanes qui ne savent pas prendre de détermination, qui flottent toujours dans l'indécision entre deux opinions contraires? Ne trouve-t-on pas des hypocondriaques, par exemple, qui sont jetés dans une perplexité extrême lorsqu'il s'agit de déterminer s'ils mangeront du bœuf ou du mouton? s'ils iront ou non à la promenade? s'ils conserveront ou non tel ou tel vêtement? Que la pensée du suicide s'empare de ces têtes débiles, on ne manquera pas de les trouver à l'œuvre de destruction aussi faibles, aussi pusillanimes, aussi incertaines que dans les autres circonstances de la vie.

On a cherché à expliquer le sang-froid dont font preuve certains suicidés, en disant qu'ils étaient plus insensibles que le commun des hommes. Cela est vrai pour un assez grand nombre de ces malades, mais cela n'est pas vrai pour tous. Les uns sentent, comme tout le monde, les douleurs qu'on leur fait éprouver; seulement ils se taisent et ne laissent échapper aucune plainte, mais ce silence n'équivaut pas à l'insensibilité. Une femme de la Salpêtrière passa plusieurs années sans trahir par le geste, ni par la voix, ni par l'expression du visage aucune de ses sensations. Véritable statue vivante, elle subit, sans exprimer une plainte, les épreuves les plus douloureuses; on lui arracha des cheveux, on la pinça, on lui enfonça des épingles dans la peau; on répéta un grand nombre de fois ces expériences, sans tirer d'elle aucun signe d'expression de douleur. Tout à coup elle sortit de son apathie; elle parla, raconta avec les plus grands détails tout ce qui s'était fait autour d'elle, tout ce qu'on lui avait fait souffrir, et elle affirma que sa sensibilité n'avait jamais été altérée un instant. — D'autres monomanes suicides sont véritablement insensibles à des degrés divers : ainsi, on

peut leur appliquer des vésicatoires, des cautères, les exposer au froid, les toucher même avec des fers brûlants, sans
les faire sourciller. Dans ce cas l'insensibilité est réelle, ou
bien elle peut dépendre d'une préoccupation puissante.

La marche du suicide n'est pas plus uniforme que celle
des autres monomanies. Tantôt elle est brusque et instantanée et se termine avec l'accès lui-même, ou dans certains cas se prolonge assez longtemps après la tentative. Il
est clair que tout se termine avec la mort de l'individu si la
tentative réussit; mais ce n'est pas de cette circonstance dont
je veux parler. Quelques malades poursuivis par l'idée de
se donner la mort se frappent avec un instrument, ou prennent des poisons en une certaine proportion, ou encore font
usage de tel autre moyen qu'ils jugent le plus convenable;
mais soit faiblesse de caractère, soit irrésolution, soit la
crainte d'une douleur trop grande, ils abandonnent leur projet et ne retombent plus dans leur accès morbide. Il est
probable que la commotion mentale ressentie par le malade
suffit pour opérer une diversion salutaire et amener une guérison brusque et instantanée. Cet effet peut être obtenu soit
par une émotion puissante venue du dehors, soit par un
trouble intérieur inconnu dans son essence, mais fort remarquable par ses résultats. Un sieur Crespin, voulant mettre
fin à ses jours, s'était jeté dans l'Hogniau, rivière généralement peu profonde. Il était à chercher un endroit où la submersion fût possible, lorsqu'un douanier, soupçonnant son
dessein, le couche en joue et menace de faire feu de son fusil
s'il ne sort de l'eau. Aussitôt notre homme retourne paisi-
blement chez lui, ne songeant plus à se tuer. Cette terminaison brusque est analogue à celle de certaines monomanies
qui disparaissent sur-le-champ à l'occasion d'une impression
morale. J'en connais un exemple dans un jeune homme atteint de monomanie religieuse, qui vit son délire cesser subi-
tement et la convalescence devenir franche et définitive du
jour où il eut une sorte de vision céleste. Il vit la Vierge,

qu'il avait dessinée sur un morceau de papier, se parer tout
à coup de mille attraits; son visage exprimait une ineffable
douceur; ses traits angéliques respiraient une candeur et un
sentiment de bienveillance inexprimables; ses lèvres étaient
parcourues par un sourire doux et suave. Ce portrait ravis-
sant excita dans le malade une agitation extrême. A ce moment la Vierge fit un signe léger, et aussitôt un rayon de lumière et de chaleur bienfaisante anima le malade; une voix
intérieure, qu'il prit pour une voix divine, lui dit qu'il était
guéri. A ces mots, monsieur X. se prosterna la face contre terre
pour remercier le Seigneur de la grâce qu'il venait de rece-
voir : il se releva bientôt après, et la guérison se confirma de
jour en jour. Les annales de la science sont remplies de faits
de ce genre. Que l'on me permette de rappeler encore l'observation suivante, qui ne manque pas d'intérêt : « Un académi-
cien devient hypocondriaque par l'effet de son indolence,
et il en est accablé au point qu'il est réduit à tenir le lit. Ce
mal augmentant de jour en jour, il *annonce sa mort comme
très-prochaine et ordonne de sonner son glas à l'église voisine,*
afin de l'entendre lui-même avant de mourir. Dans sa jeunesse il s'était quelquefois exercé à carillonner en musique.
Qu'arrive-t-il ? Il lui semble que le sonneur s'acquitte mal
de son office; il saute brusquement de son lit, pour montrer
avec les doigts la manière dont il faut sonner. Il se recouche
tout en sueur, comptant expirer un moment après ; mais cet
exercice lui rendit la vie et la santé. » (*Mead, œuvres physiques et médicales,* trad. de Coste, tome II, p. 336.) N'est-il
pas évident que l'émotion morale a été, dans ces différents
cas, la cause de la terminaison instantanée de la maladie ?
et n'est-il pas évident aussi que le suicide peut être soumis
à la même loi ?

Bien que la marche du suicide puisse être aussi rapide que
je l'indique, ce n'est pas ce qui a lieu habituellement; car,
dans l'immense majorité des cas, la maladie diminue pro-
gressivement pour disparaître ensuite. On remarque ordi-

nairement alors une amélioration physique correspondant à l'amélioration mentale. Les digestions deviennent plus faciles, les garderobes sont plus régulières, l'appétit meilleur, le sommeil plus calme, moins souvent troublé par des rêves, et le malade ne se plaint presque plus de ces lassitudes, de ces douleurs de tête, de ces courbatures, de ces coliques passagères qui le faisaient tant souffrir. Il est plus vif et plus joyeux, il recherche la société et ne repousse plus les consolations apportées par l'amitié. N'est-il pas vrai que le même ensemble de phénomènes se retrouve dans toutes les monomanies possibles ? N'est-il pas vrai aussi que si la marche rapide s'observe quelquefois, elle n'est qu'exceptionnelle pour la monomanie suicide comme pour les autres monomanies ?

La durée de la monomanie suicide n'a rien de fixe, et se prolonge ordinairement pendant plusieurs mois. Néanmoins il ne faut pas oublier que la nature de la cause productrice a une influence manifeste sur la marche plus ou moins rapide de cette affection. Le suicide, provoqué par un accès de colère, par un transport de fureur aveugle, ou, s'il était permis de s'exprimer ainsi, par un accès de passion quelconque, dure peu de temps et se termine avec l'accès lui-même. Si la première tentative échoue, elle sert souvent de crise, et juge la maladie. Quand, au contraire, des causes longtemps prolongées, des chagrins cuisants, des remords, des troubles cérébraux anciens entretiennent la maladie, on peut pronostiquer une longue durée. Une tentative en amène une autre ; un échec provoque le dépit, stimule l'instinct destructeur, et le génie de la mort franchit toutes les barrières que lui oppose l'amitié ou la prudence.

La monomanie suicide est quelquefois intermittente. M. Falret a recueilli l'observation d'un homme de cabinet dont le penchant au suicide alternait avec l'hypocondrie. (Voy. *De l'hypocondr. et du suicide*, p. 161.) La cause de cette intermittence est ordinairement indconnue. Cecudant on a

pu la rattacher, dans certains cas, à l'acte de la digestion
(Alibert en a cité un exemple); le plus souvent, néanmoins,
des troubles utérins en sont la cause réelle. Ainsi l'époque
menstruelle, la grossesse, l'allaitement, ont assez souvent
provoqué des réactions cérébrales et le suicide à la suite. Le
doute, dans ce cas, n'était pas possible; car, aussitôt la cause
passée, tout revient à l'ordre normal; le délire a cessé complétement. M. le docteur Belhomme raconte qu'une dame, à
laquelle il donna plus tard des soins, se rendait à Saint-
Cloud pour se jeter dans la Seine, ne voulant pas, dit-elle,
que son corps pût être retenu par les filets et rendu à sa
famille. Chemin faisant, les règles paraissent, le délire se
calme comme par enchantement, et cette infortunée malade
retourne au milieu de sa famille. Un des élèves de M. Au-
banel, médecin d'un établissement d'aliénés à Marseille,
a cité plusieurs faits de cette nature. Quatre sœurs se trouvant dans l'une des conditions de surexcitation utérine
dont je viens de parler, ont tour à tour fait des tentatives de suicide. Plusieurs d'entre elles ont succombé. Si
le suicide ne tenait qu'à une dépravation de la volonté,
les fonctions organiques de l'utérus et des mamelles pour-
raient-elles avoir une aussi grande influence sur le développement de la maladie? Je dis développement, car la cause
essentielle du délire suicide ne peut se trouver dans l'utérus, ni la vessie, ni les intestins. Une lésion de ces organes peut entraîner le délire, mais non plus spécialement
le délire suicide. Du reste, l'influence elle-même des troubles
intestinaux ne sert-elle pas à fournir un nouveau point de
ressemblance entre cette maladie et les autres monomanies
du même genre ?

La monomanie suicide peut frapper à la fois un grand
nombre de victimes et prendre un caractère véritablement
épidémique. Parmi les principales épidémies, je rappellerai
celle d'Egypte, due aux prédictions d'Hégésias; celle de
Milet, racontée par Plutarque; celle de Lyon, par Prime-

rose; celle de Mansfeld (1697); observée par Sydenham; celle de Rouen (1806); celle de Saint-Pierre-Mont-Jean (1813), observée par M. Desloges, médecin dans le Valais; celle d'Etampes, observée par Pinel. Enfin il faut ajouter celle de Versailles (1793), la plus terrible de toutes, puisque 1,300 victimes, dit-on, succombèrent à ce cruel fléau. Il ne serait pas difficile de citer des exemples d'accidents nerveux de diverses espèces développés d'une manière analogue et s'étendant à un grand nombre de sujets. Il suffit de rappeler ceux des trembleurs des Cévennes et de la Provence, celui des convulsionnaires de Saint-Médard, des religieuses de Londres, etc. Si le suicide était un vice, ou un crime, apparaîtrait-il à des époques successives d'une manière épidémique? A-t-on jamais vu des épidémies d'amour, d'amitié, de haine, de prudence, de bonté, d'avarice, etc., en un mot, des épidémies de sentiments ou de passions? Non certainement; car les passions et les sentiments tiennent essentiellement à l'individu et ne relèvent que de son intelligence, de ses émotions et de sa moralité.

On a cherché depuis longtemps, dans les lésions anatomiques, la cause prochaine du suicide. Quelques-uns ont cru la découvrir dans l'état organique des viscères abdominaux; d'autres dans les viscères cérébraux : tous sont tombés dans l'erreur. Il est bien vrai que des lésions organiques se rencontrent presque toujours sur le cadavre des suicidés; mais ces lésions n'ont rien de spécial et ne caractérisent pas plus la monomanie suicide que les autres monomanies, et pas plus la monomanie en général qu'une maladie quelconque. On trouve des lésions matérielles chez les suicidés; mais rencontre-t-on beaucoup de cadavres sur lesquels il n'y en ait pas? Ainsi, la présence de ces lésions fût-elle constante, elle ne suffirait pas encore pour caractériser convenablement le suicide. On a supposé qu'il pouvait exister une corrélation possible entre différentes formes symptomatologiques et une seule lésion matérielle. C'est là un argument à l'usage des anatomo-pathologistes qui veulent absolument rattacher tous les accidents à un trouble organique palpable. Si cette supposition était vraie, elle ne serait pas contraire à l'opinion que je soutiens ; car, dans ces cas, on serait autorisé à dire qu'il y a entre les divers symptômes qui découlent d'une lésion simple, une parenté véritable. Dans ce système, le trouble organique serait la cause véritable du délire, tandis que la forme et l'apparence extérieures tiendraient à des causes tout à fait secondaires et de peu d'importance. Si cette supposition était vraie, comme je viens de le dire, et si elle était parfaitement démontrée, je l'accepterais volontiers, car elle serait pour ainsi dire la preuve de l'alliance qui existe entre les divers symptômes dépendant de la lésion unique, et, par conséquent, nous n'aurions pas à chercher plus loin la démonstration de l'identité du suicide et des autres monomanies. Quoi qu'il en soit, dans l'hypothèse de l'existence de lésions organiques caractéristiques, de même que dans l'opinion de la non-existence de ces lésions caractéristiques, on est obligé de mettre le suicide sur la même ligne que toutes les monomanies, et, sous ce point de vue, de les assimiler complétement.

L'étude des causes du suicide permet, entre cette maladie et celles de la même famille, des rapprochements nombreux. Quand on lit les ouvrages spéciaux sur le suicide, on y trouve une étiologie qui ne diffère presque pas de celle de la monomanie. Cette observation frappe les moins clairvoyants. Je vais passer en revue le plus grand nombre de ces causes. Et, d'abord, il est remarquable de voir que cette maladie cruelle va chercher l'homme dans tous les rangs de la société ; elle le poursuit partout, dans la chaumière comme dans les palais ; dans les enivrements du luxe comme dans l'affliction et les angoisses de la misère. Si cette maladie tenait à une dépravation morale, ne devrait-on pas la rencontrer parmi les hommes qui cultivent le plus leur intelligence, ou qui la développent à l'excès ? Ne devrait-elle pas être plus com-

mune chez ceux dont les instincts et les sentiments sont mis
en œuvre d'une manière abusive? Or, cela n'a pas lieu ; le
suicide s'observe dans une proportion égale chez les hommes
dont l'intelligence, l'éducation et les habitudes diffèrent le
plus. Pour se convaincre de la vérité de cette assertion, il
suffit de comparer les tableaux statistiques de l'étiologie des
diverses espèces d'aliénation mentale.

Deux ordres de causes semblent présider au développement du suicide. Les unes opèrent avec lenteur et préparent
l'individu à divers troubles céréb aux, soit en l'énervant
physiquement, soit en brisant le ressort de ses facultés cérébrales, ou en l'augmentant outre mesure ; ce sont les causes
prédisposantes. Les autres, vives et pleines d'énergie, s'accompagnent d'une excitation mentale qui va bientôt jusqu'au
dérangement complet des facultés cérébrales, prélude obligé
de tous les suicides ; ce sont les causes déterminantes.

Parmi les causes prédisposantes nous voyons l'hérédité.
Cette cause, que je ne chercherai pas à expliquer, doit être
regardée comme la plus féconde de celles qui engendrent
le suicide. En effet, cette maladie est héréditaire non-seulement quand le père ou la mère du malade se sont suicidés,
mais encore lorsqu'ils ont présenté des troubles quelconques
de l'entendement et peut-être même des accidents névral-
giques. Les affections nerveuses et mentales ont la propriété
de se transformer. C'est là un fait d'observation bien singu-
lier, mais fort commun, contre lequel il est impossible d'é-
lever le moindre doute. Les transformations multipliées
qu'on observe dans le même individu peuvent déjà nous
faire comprendre, *a priori*, combien ces transformations
doivent être faciles quand les maladies se transmettent par
succession et passent d'une génération à une autre. Alors
on observe les complications les plus bizarres, parce que
chaque individu modifie sa prédisposition héréditaire selon
les conditions personnelles, selon l'éducation, selon les habitudes, selon la série d'influences physiques et morales

4

qui agissent sur lui. Ces modifications compatibles avec la transmission héréditaire existent pour toutes les maladies ; et ce serait méconnaître les faits les plus évidents que de nier qu'il en soit ainsi pour les affections nerveuses. Des observations nombreuses viennent à l'appui de cette manière de voir. M. X*** habitait une petite ville du midi de la France ; il s'était marié de bonne heure et avait été jusqu'alors heureux dans son ménage et ses affaires, quand tout à coup il changea de caractère et devint insupportable à tout le monde. Passionné, avare à l'excès, dur envers les siens et envers lui-même, il perdit, sans en témoigner le moindre regret, une femme qui le comblait de prévenances et de soins affectueux. A l'occasion de cette mort, il courut même dans la famille des bruits sinistres, mais personne n'osa lever le voile qui cachait cette mystérieuse affaire. Depuis ce temps M. X***, devenu plus entêté, plus avare, plus difficile à vivre, exclusivement occupé à entasser des écus, ne quitta plus la retraite. L'un de ses fils, jeune homme plein de douceur, se laissa aller à une mélancolie habituelle qu'on rattachait à des souvenirs pénibles. Il quitta, du consentement de son père, la maison paternelle, fit connaissance d'une femme peu digne, il est vrai, dont il sollicita la main. Le père du jeune homme refusa son consentement. Celui-ci prit aussitôt une détermination cruelle ; il retourna auprès de son père, écrivit à ses amis, à la femme qu'il aimait, puis il se donna volontairement la mort. Qu'il me soit permis d'ajouter ici encore un fait recueilli par le célèbre Esquirol. Un négociant, père de six enfants, se faisait remarquer par son caractère *très-violent*. Le plus jeune de ses fils devient mélancolique et se précipite du haut d'un toit. Un autre fils fait des tentatives de suicide infructueuses, puis il succombe un peu plus tard à une abstinence prolongée. Le troisième frère a un accès de manie. Le quatrième se tue. Une sœur devient maniaque et fait tous ses efforts pour se tuer. Enfin, le sixième frère succombe à un meurtre volontaire. Dans les

cas de cette espèce il est difficile de nier une transmission
héréditaire; et si dans la première observation on a pu dire
que le suicide était tout à fait accidentel, il est impossible
de faire la même supposition pour la suivante; car, six enfants qui se trouvent dans des positions totalement différentes ne peuvent avoir cédé à une simple dépravation
d'esprit, et il est impossible de croire qu'ils aient pu être
conduits par le seul effet du hasard à une détermination
identique. Ce qui se passe dans les autres affections nerveuses sert merveilleusement à nous faire comprendre la
transmission héréditaire du suicide. En effet, on voit des
aliénés donner le jour à des épileptiques; des femmes hys-
tériques à des lypémaniaques ou des hypocondriaques, etc.,
ou réciproquement, c'est-à-dire que chaque maladie mentale ou nerveuse peut être transmise, sous la condition possible de changer de forme en changeant de génération.

L'éducation vicieuse a été comptée parmi les causes du
suicide. Une question, grave à notre point de vue, se présente ici. En admettant que l'éducation, ce grand modéra-
teur de l'intelligence et des sentiments moraux, soit propre
à conduire au sacrifice volontaire de soi-même, ne reconnaît-
on pas implicitement que le suicide se rattache à un acte de
la volonté et de la conscience, puisque la conscience est
conforme à l'enseignement reçu par le malade? Avant de
répondre, examinons le mode d'action de l'éducation.

Tout enseignement se propose un but d'activité; ce but
est nécessairement matérialiste ou spiritualiste. Le premier
dispose l'homme à l'influence délétère des passions et conclut nécessairement, en dernier ressort, à la prédominance
de l'individualisme. En montrant constamment à l'homme les
jouissances physiques ou temporelles comme le terme ul-
time de ses recherches et de ses désirs, on l'habitue peu à
peu à considérer le monde comme une grande exploitation
dont il doit avant tout tirer profit, condition sans laquelle il
a le droit d'abandonner la partie. Si les chagrins, les peines

de l'âme, si les maladies, les douleurs physiques viennent l'assiéger, comme il n'y a plus de compensation entre les jouissances et les peines, ou plutôt comme il n'y a plus prédominance des premières sur les secondes, il songe à se soustraire à sa pénible position, et il préfère le sacrifice de sa vie. Cela est logique, car tout se trouvant fini avec la vie matérielle, et l'espérance d'une vie future se trouvant éteinte dans son cœur, il ne doit plus penser qu'à se débarrasser d'un fardeau incommode. Pourquoi agirait-il autrement? N'y aurait-il pas folie ou niaiserie de sa part? De pareilles doctrines sont donc remplies de dangers. Elles peuvent encore devenir funestes, en provoquant ce redoutable *tædium vitæ*, début de tant de malheurs. La Providence jette parfois ses faveurs avec une profusion extrême sur ces fils ingrats ; elle les comble de fortune, d'honneurs, de satisfactions de toutes sortes. Plongés, pour ainsi dire, dans l'atmosphère des jouissances, ils s'en repaissent jusqu'à la satiété, jusqu'à l'excès de l'enivrement. Parvenus à une satisfaction trop complète de leurs désirs égoïstes, la vie devient fade, monotone, et pleine d'ennui. Aussi, le moindre trouble mental survenant, ils courent à la mort comme à un port ou un lieu de refuge contre les tempêtes de la vie. *Mortem portum nobis et perfugium putemus.* (Cicéron, t. 1, p. 116.)

Le panthéisme mystique poussé jusque dans ses dernières conséquences conduit au sacrifice de soi-même. Entrer en communion avec Dieu, source pure des biens éternels, tel est le but que se propose le mystique. Pour y parvenir, il cherche d'une part à purifier son âme pour la rendre digne du séjour des élus, tandis que d'un autre côté il prend en souverain mépris le corps, prison véritable qui retient l'âme et l'empêche de s'élever dans les régions célestes pour y jouir d'une félicité pure. Dans cette intention, il se livre à des jeûnes excessifs, à des macérations, des mortifications de toute sorte ; suicide réel condamné par les Pères de l'E-

glise. « *Ad sui occisionem pertinet sui ipsius mutilatio.* »
(Bouvier, *Theologia.*) Ne connaît-on pas, en ce genre,
les extravagances de certains prêtres indiens, de certaines
recluses en France, qui se déchirent la chair, se serrent la
poitrine ou les membres, avec des cordes, tiennent leur
bras élevé avec une telle constance qu'ils parviennent à
l'atrophier? L'histoire de certaines sectes, appartenant à
toutes les religions, est remplie de faits de cette nature.
Une pareille tendance, contenue dans diverses limites,
est loin d'être condamnable ; mais portée à un haut degré,
elle devient l'expression d'un égoïsme effréné qui peut
s'exalter au point de sacrifier le corps pour procurer à l'âme
des jouissances infinies. Ainsi comprise, la doctrine du
panthéisme mystique est tout à fait contraire au véritable
dogme catholique, et par conséquent pernicieuse sous le
point de vue religieux aussi bien que sous le point de vue
médical.

Il faut remarquer que la doctrine matérialiste ne conduit
pas directement au suicide, mais elle le rend plus facile ;
elle le permet, mais elle ne le commande pas ; elle brise les
ressorts de la moralité, elle l'éteint pour ainsi dire tout
entière, et abandonne l'homme à la direction des instincts
de bas étage ; elle efface du cœur humain toute idée religieuse, toute abnégation personnelle, elle est par conséquent antireligieuse et antisociale. On peut donc dire qu'elle
est surtout dangereuse par le relâchement et l'inertie morale
qu'elle entraîne. D'autres doctrines conduisent au suicide
d'une manière indirecte ; telle est celle du panthéisme mystique. Quelques-unes enfin indiquent le suicide de la façon
la plus formelle ; les stoïciens, par exemple, proclament le
mépris de la mort, et décernent à l'acte du suicide les
louanges les plus flatteuses ; ils en font un acte de courage
et de haute vertu. Dans les doctrines mystiques, le patient
est excité par les promesses et les récompenses futures, et
pour conquérir ces dernières il est disposé à faire tous les

sacrifices imaginables. Il est difficile de comprendre jusqu'où l'extravagance et le mépris de la saine morale peuvent conduire. On a vu ces idées, répandues dans des peuplades entières, faire de nombreuses victimes : l'histoire ancienne et moderne en fournit le témoignage.

Je me suis demandé si l'intervention de l'éducation dans la production du suicide ne pouvait pas être considérée comme la preuve d'une participation de l'intelligence et de la conscience à cet acte, et, par conséquent, si le suicide n'était pas un crime ou au moins une faute. Je dois répondre négativement ; car nous voyons chaque jour autour de nous des millions d'individus qui ont reçu les enseignements vicieux que je viens de signaler, et qui cependant ne portent pas sur eux-mêmes une main meurtrière : au contraire, nous voyons un assez grand nombre de suicidés qui ont reçu une éducation tout à fait différente et entièrement conforme aux dogmes catholiques les plus purs. Je dirai donc que les enseignements deviennent redoutables quand ils contribuent à relâcher les principes moraux et religieux ; car s'ils tombent dans une terre préparée, c'est-à-dire, s'ils s'adressent à des individus frappés d'une prédisposition héréditaire, par exemple, ils ne manquent pas de germer, de se développer et amener le suicide. Ceci demande une explication. Dire que l'éducation intervient dans la production du suicide, et ajouter que l'intelligence et le raisonnement président à la perpétration de l'acte, ce n'est pas rattacher le suicide à ces causes, d'une manière intime. Si l'intervention de la conscience excluait toute idée de folie, cette maladie n'existerait pas. Les aliénés ne perdent jamais complétement la conscience de leurs actes. Heinroth, qui a surtout élucidé ce point de pathologie mentale, fait remarquer avec raison que le traitement moral de la folie serait impossible sans cette intervention.

On a souvent disserté sur l'influence de la civilisation dans le développement des maladies, et principalement des ma-

ladies mentales. Louée avec excès par des enthousiastes irré-
fléchis, ou blâmée avec excès par des esprits chagrins et mo-
roses, l'opinion toujours flottante entre ces deux manières
de voir opposées n'a pas su encore se fixer définitivement.
Pour nous entendre, commençons par définir le mot. Par
le mot civilisation on exprime l'ensemble des moyens mis en
usage par les hommes réunis en société, pour arriver au développement le plus complet de leur nature. Telle est la si-
gnification véritable de l'idée de civilisation. Si maintenant
on met en regard ce qui existe avec ce qui devrait exister,
on est saisi d'étonnement. Plaçons-nous au milieu de l'une
de ces cités brillantes, par exemple, de l'une de ces capitales
considérées comme les temples de la civilisation. Que
voyons-nous ? une industrie florissante qui absorbe toutes les
forces de l'entendement humain, et qui les absorbe pour produire avec luxe, avec exagération même toutes les richesses
destinées à satisfaire les premiers besoins de l'homme. Si,
par des combinaisons raffinées dues au génie mercantile on
parvient à vêtir l'homme de laine ou de soie, à lui donner
une maison confortable, à lui fournir une nourriture suc-
culente, à lui laisser après sa journée de travail quelques
instants de repos ; la civilisation se croit satisfaite, elle se
croise les bras et s'endort. Pourvu qu'on ne voie pas passer
dans la rue un homme entièrement nu, pourvu qu'on n'en-
tende pas dire : « Un tel est mort de faim ou de froid », on
croit que la civilisation a fait ce qu'elle devait faire et que
son rôle est fini. Il n'en est rien. La satisfaction des instincts
et des besoins est quelque chose, mais ce n'est pas tout. L'a-
pôtre saint Matthieu disait : l'homme ne vit pas seulement de
pain (*non in solo pane vivit homo*), et il ajoutait : Il a besoin
de la parole de Dieu. C'est qu'en effet le pain de l'âme est
aussi nécessaire que le pain du corps ; et les besoins moraux
ne doivent pas plus être oubliés que les intérêts égoïstes de
l'instinct. Si l'on méconnaît cette nécessité, ou que par des
calculs infernaux on cherche à s'y soustraire, on brise la

force morale des esprits, et on les livre à l'empire tout-puissant des impulsions animales. Ne conçoit-on pas que la prédominance du système industriel et manufacturier, prédominance opérée aux dépens du développement des facultés morales, soit propre à exciter dans mille occasions des troubles cérébraux dangereux? On devrait plutôt s'étonner s'il en était autrement. La résistance à la prédisposition ou aux causes productrices est-elle possible quand l'énergie spirituelle est anéantie ou distraite et absorbée par d'autres sujets?

La civilisation, conçue et mise en pratique comme je viens de le dire, contribue pour une large part au développement de la misère qui frappe une classe nombreuse de la société. Or, la misère est la source de bien des troubles cérébraux. Quiconque a toujours vécu dans le faste et l'opulence, ou seulement dans la médiocrité dorée tant chantée par les poëtes, ne comprendra jamais les douleurs qui assiégent le seuil du pauvre, il ne comprendra jamais ce qu'il faut de caractère et de force d'âme pour porter les chaînes de la misère. Les adversités qui frappent les grands de la terre émeuvent un instant, ou parce qu'elles étonnent, ou parce qu'elles provoquent des sympathies passionnées; mais tout cela n'est qu'un jeu en comparaison de l'état permanent de misère dans lequel sont plongés certains individus. Les peines du corps et de l'âme, les maladies, le froid, le chaud, la faim avec ses angoisses, suivent le pauvre partout : elles veillent à son chevet, s'asseyent à sa table, et ne le quittent jamais. Semblable à la bête de somme, il travaille dès l'aube du jour jusqu'à la nuit, et le soir, en rentrant dans son humble demeure, il faut qu'il apporte à sa famille le pain, fruit de ses sueurs quotidiennes. Les peines de l'âme ne sont pas moins fortes, car le pauvre est, lui aussi, soumis à l'empire des passions et des instincts, et des causes sans nombre viennent apporter des entraves puissantes à l'exercice légitime de ses jouissances intellectuelles et morales. Or, on conçoit que ces combats de tous les instants amollissent les âmes, les jettent dans le découragement, et éteignent peu à peu l'instinct de la conservation de soi-même.

On a mis au nombre des causes prédisposantes les climats brumeux, les saisons froides et pluvieuses ; mais ces assertions ont besoin d'être confirmées par des recherches nouvelles. Cependant, même au point de vue de cette observation incomplète, les statistiques comparées du suicide et de l'aliénation mentale donnent des résultats identiques.

Le plus grand nombre des suicides a lieu entre vingt et quarante ans ; et, pour cette raison, on a attribué à l'âge une influence particulière. Ne peut-on pas expliquer ce fait d'une autre manière ? Lorsque l'homme arrive au développement complet de son intelligence, il sent naître en lui des besoins nouveaux ; il est obligé de penser à la fois au présent et à l'avenir ; les émotions les plus variées le tourmentent ; les événements les plus divers se pressent en foule autour de lui, et l'assiégent pour ainsi dire. Il faut s'occuper de sa femme et de ses enfants, se mettre à l'abri des éventualités malheureuses; en un mot, se créer une position. Viennent ensuite les passions avec tout leur cortége ; les passions avec les besoins qu'elles développent, avec les impérieuses satisfactions qu'elles exigent : la nécessité l'opprime de toutes parts. Ces causes réunies produisent une excitation cérébrale considérable, qui prédispose au trouble de la raison, et permet l'action facile des causes efficaces. Un événement imprévu, un revers de fortune, des chagrins domestiques, etc., suffisent pour produire cet effet et enfanter le délire suicide. Ainsi, il faut reconnaître que les monomanes suicides succombent à leur maladie, non parce qu'ils ont vingt, vingt-cinq ou trente ans, mais bien parce qu'à cet âge se développent plus spécialement les causes du suicide. M. le docteur Michea, dans son remarquable ou-

vrage sur l'hypocondrie (1), a été conduit, à l'occasion de
cette maladie, à des remarques tout à fait pareilles à celles
que je viens de faire; et ce rapprochement nouveau n'est
pas dénué d'intérêt du point de vue de l'opinion que je
professe. En effet, si l'hypocondrie et le suicide ne sont
que deux variétés de la même espèce morbide, si ces deux
affections se déclarent aux mêmes époques de la vie, on
sera conduit à reconnaître une liaison intime entre l'une et
l'autre; or, voici les résultats fournis à M. Michea par la
statistique des malades soumis à ses recherches. Sur cin-
quante-cinq malades, trente et un avaient été soumis à
leur affection dans la période de vingt à quarante ans. Tous
les travaux statistiques ont démontré que les diverses formes d'aliénation mentale, considérées à part ou séparément,
sous le rapport de l'âge, se développaient selon une proportion ascendante, puis dans une proportion décroissante du
milieu jusqu'à la fin de la vie. De même le suicide, suivant
la loi générale du développement des affections mentales,
est fréquent dans l'âge adulte, rare dans la vieillesse, et
surtout dans l'enfance. Cela tient-il à ce que, dans la jeunesse,
la foi est plus vive, l'espérance plus forte, ou l'indifférence
plus grande? Cela tient-il à ce que dans la vieillesse on
s'attache à la vie comme l'avare à son trésor, comme la
mère au fils bien-aimé qu'elle va quitter peut-être pour ne
plus le revoir? Je ne sais : ce qu'il y a de certain, c'est que
cette loi n'est pas sans exception, et que l'on a vu des individus à peine adolescents, ou déjà vieux, consentir à se
sacrifier volontairement. Le célèbre Barthez, de Montpel-
lier, désespéré de la perte de sa femme, se laisse mourir
de faim à l'âge de quatre-vingt-dix ans ; Chatterton, à l'âge
de dix-neuf ans, s'empoisonne avec de l'arsenic, parce que

(1) *Traité pratique, dogmatique et critique de l'hypocondrie*,
1 vol. in-8, Paris, 1845.

le ministre Horace Walpole a oublié de lui rendre quelques papiers.

Les contentions d'esprit trop grandes, la lecture des romans, la musique, les spectacles, l'oisiveté, la solitude, etc., contribuent autant au développement du suicide qu'à celui de la folie.

Parmi les causes prédisposantes du suicide, il en est une dont le mode d'action est resté jusqu'à ce jour inexpliqué et inexplicable, je veux parler de l'imitation. Cette cause est tellement forte; qu'un suicide dans un établissement d'aliénés, ou dans un pays, s'accompagne presque toujours d'un ou de plusieurs suicides. Une sage-femme, habitant la rue Saint-Antoine, se fait périr volontairement. L'événement se répand bientôt et fait bruit dans le quartier. Un pâtissier, habitant la même maison que la sage-femme, renvoie un de ses apprentis dont il n'a plus besoin; celui-ci dit en sortant : «Je vais faire comme la sage-femme», et en réalité il se fait, peu d'heures après, des blessures qui le jettent aux portes du tombeau. Aucune cause plausible ne put expliquer cette tentative de suicide. On est fondé à attribuer à l'imitation un grand nombre de suicides. L'analogie est en faveur de cette opinion. Certains actes physiologiques, et beaucoup de maladies nerveuses se transmettent de cette manière : l'hystérie, l'épilepsie, etc., sont dans ce cas. Les exemples ne manquent pas dans la science. Boerhaave eut à observer une sorte d'épidémie de convulsions qui tenaient à cette cause. A l'hôpital d'Haerlem, consacré au traitement des pauvres orphelines, une jeune fille demeurant dans cet hôpital fut attaquée de convulsions qui revenaient par paroxysmes. Plusieurs enfants, spectateurs de son état, furent affectés de la même maladie, et le nombre en augmentait de jour en jour. (Voy. § 106 du traité *Impetum faciens*, par Kaw Boerhaave.) -- L'influence de l'imitation ne se borne pas au sacrifice de la vie, elle s'étend jusqu'aux moyens employés par les victimes: Dans l'épidémie de Lyon, les femmes se jetaient dans le Rhône ; à Saint-Pierre-Montjean (Valais), elles se pendaient ; les filles de Milet se pendaient également.

La simple énumération des causes déterminantes du suicide servira très-bien à faire comprendre l'analogie frappante qui existe entre ces causes et celles de la folie. En première ligne se trouve l'amour. J'ai été appelé auprès d'un jeune homme qui venait de se donner un coup de couteau à la région précordiale. La pointe de l'instrument avait porté sur une côte et s'y était arrêtée. Dans son délire, cet infortuné s'était approché d'un mur contre lequel il avait placé le manche du couteau, et avait appuyé à plusieurs reprises afin de le faire pénétrer profondément. Le prétexte de ce suicide était la conduite un peu légère, peut-être, d'une jeune fille de condition fort équivoque, q avait abandonné sa famille pour suivre un jeune homme, à qui elle avait été bientôt infidèle, et qui avait repris la vie conjugale avec un second mari d'emprunt, qu'elle trahissait encore par ses relations illicites avec le malade dont il est ici question. J'eus alors occasion de faire autour de ce jeune homme une observation qui ne doit jamais échapper au médecin. L'une des proches parentes du malade fut d'abord saisie d'une sorte d'effroi en apprenant ce qui venait de lui arriver ; mais bientôt elle revint à elle, et, à la visite suivante, je fus surpris de l'entendre parler presque avec éloge de l'accident arrivé. Je l'examinai plus attentivement, et je reconnus dans les traits du visage, aussi bien que dans la tournure de l'esprit, une ressemblance parfaite entre elle et le malade. On aurait pu se demander sérieusement lequel des deux était le plus malade (mentalement) de cette personne ou du jeune homme.

L'amour-propre blessé peut conduire au sacrifice de soi-même. Le maître d'hôtel du grand Condé, Vatel, si célèbre dans l'art culinaire, se tua parce que la marée n'était pas arrivée à l'heure voulue pour paraître honorablement sur la

table du maître. — Ad. Nourrit, chanteur aimé du public, se
précipite du haut d'un cinquième étage parce qu'un specta-
teur du théâtre de Naples a fait entendre un coup de sifflet.
Des applaudissements à peu près unanimes ne purent être
une compensation à l'humiliation qu'il croyait avoir subie.
— Ne connaît-on pas l'histoire de soldats qui ont mieux aimé
se tuer que se rendre à l'ennemi; celle de courtisans avilis
qui se sont sacrifiés parce que la faveur du souverain, cette
fumée si capricieuse, les avait abandonnés?

On a vu des malades se donner la mort pour échapper au
déshonneur et à la honte. Des mandataires infidèles de la
fortune publique, des commerçants qui ne peuvent plus faire
honneur à leurs affaires, des hommes qui ont abusé de la
confiance de leurs maîtres ou de leurs mandataires, des coupables qui craignent d'être traduits devant les tribunaux,
des condamnés qui ne veulent pas périr sur l'échafaud, des
enfants même qui redoutent les remontrances ou la correc-
tion de leurs supérieurs, etc., ont eu recours à ce moyen.
La chaste Lucrèce, ne voulant pas survivre à l'insulte que
venait de lui faire un jeune patricien, saisit un poignard et
s'en perce le sein. — Un individu nommé Busch, chasseur au
service de M. de W***, consul de Prusse à Beyrouth, devint amoureux de Mlle W***, gouvernante des enfants du
consul. Cette demoiselle, ayant promis sa main à M. S***,
consul de Prusse à Jérusalem, Busch adressa à cette dernière
des déclarations passionnées et des menaces qui, quoique
vagues et incohérentes, alarmèrent M. de W***. On prit des
mesures pour éloigner Busch; mais il se rendit aussitôt à la
maison de campagne du consul, s'introduisit furtivement
dans cette maison, et tua d'un coup de fusil à bout portant
Mlle W***, assise dans le salon à côté de son fiancé. L'as-
sassin prit la fuite, mais poursuivi par les habitants du vil-
lage, il se brûla la cervelle.

La haine et la jalousie, qui ont entre elles plus d'un trait
de ressemblance, sont également propres à conduire à la

mort volontaire. Elles déchirent quelquefois le malade en secret pendant des années entières, puis tout à coup un moment de faiblesse ou de désespoir éclate, et dévoile au monde les douleurs qui ulcéraient le cœur de la victime. Une jeune fille, traitée par ses parents avec quelque dureté, devient jalouse des procédés bienveillants que ces derniers ont pour leurs autres enfants. Chaque caresse qu'elle voit faire à ses frères et sœurs excite en elle des transports de jalousie qu'elle sait encore contenir. À la fin, cependant, la mesure se comble, elle conçoit un projet de suicide, et s'armant d'une ferme résolution, elle se noie dans un étang situé sous les fenêtres de sa mère. Une lettre fort longue, écrite par la malade elle-même, fit connaître les chagrins, la haine, l'envie qui l'avaient conduite à un pareil acte.

L'ambition trompée, les mécomptes de la fortune, doivent aussi être comptés parmi les causes qui amènent le trouble et la perturbation dans les facultés cérébrales. Lorsque les revers de la fortune, la perte des honneurs sont prompts et inattendus, le malade, saisi d'un délire passager et prompt comme la cause elle-même, succombe sous cette influence. Au contraire, lorsque ces accidents arrivent successivement, le suicide qui en dérive doit être considéré comme chronique. Dans ce dernier cas, on observe en effet une sorte de gradation dans les phénomènes de la maladie. Au début de leur carrière, ces malades, poussés par une ambition légitime, courent à la recherche des honneurs et des dignités ; bientôt ils montrent une ardeur inconcevable qui absorbe toute leur activité ; ils se jettent dans les plus grandes entreprises ; engagent tous leurs capitaux pour arriver à la réalisation de certains projets ; puis, au jour des revers, la raison se brise. L'oubli éternel de la mort devient seul propre à jeter un voile épais sur ces existences usées peu à peu dans les tortures de l'ambition et rompues dans le délire. L'avarice, qui se fait assez souvent la compagne hideuse de l'ambition, l'avarice, que M. le docteur Moreau appelle, non sans raison

peut-être, la monomanie de l'argent, a quelquefois occa-
sionné le suicide. « Le nommé Pierre R..., âgé de soixante
ans, propriétaire fort aisé et père de famille, vint visiter une
maison qui lui servait d'entrepôt pour toutes ses récoltes.
S'étant enfermé dedans, R... mit le feu en plusieurs endroits
de l'intérieur, et monta se coucher sur un tas de paille au
troisième étage; le feu ne tarda pas à opérer ses ravages, et
il était une heure de l'après-midi quand on s'en aperçut.
Après bien des efforts, le corps de R... fut retiré à demi
consumé par les flammes. R... avait paru jusque-là jouir de
ses facultés mentales; mais dans le pays, où il était connu
pour ses habitudes d'usure et de sordide avarice, on attribua
généralement son crime et son suicide au désespoir qu'il
éprouvait en pensant que, par sa mort, ses biens lui échap-
peraient et passeraient entre les mains de sa famille. »

Les chagrins domestiques, les remords, ces vers rongeurs
qui portent au cœur des tourments sans relâche; les craintes
excessives, une frayeur subite, sont encore des causes éner-
giques contre lesquelles la raison ne combat pas toujours avec
succès. Je pourrais citer comme exemple l'histoire de cet infortuné Charles VII, dont le règne n'avait pas été sans gloire,
et qui se laissa mourir de faim dans la crainte d'être empoi-
sonné par le dauphin. Je citerai encore, sur le témoignage
de Josèphe, l'histoire de ces habitants de Jérusalem qui se
précipitaient du haut de leurs remparts ou se brûlaient dans
leurs maisons pour ne pas tomber au pouvoir des Romains
leurs ennemis, qui les assiégeaient. N'est-ce pas le comble
de la déraison de se faire beaucoup de mal, de se donner la
mort pour éviter des maux, possibles sans doute, mais non
certains? Telle est pourtant l'inconséquence de beaucoup de
suicidés, et cela s'observe souvent dans les maisons d'aliénés.

La colère entraîne parfois un délire tel que la mort volontaire a pu en être le résultat. Tous les hommes qui se
mettent en colère ne sont pas fous; cependant il ne faut pas

se dissimuler que la raison court un grand danger quand les crises se renouvellent trop fréquemment. Comb en ne trouve-t-on pas de maniaques vivant, avant leur maladie, dans un état d'excitation qui se transformait en colère pour la moindre cause !

On pourrait passer ainsi en revue toutes les passions et trouver des exemples de suicides provoqués par chacune d'elles. En effet, les passions agissent sur la raison qu'elles bouleversent ; sur la mémoire, sur la réflexion qu'elles éteignent ; sur la liberté morale qu'elles détruisent ; sur les instincts qu'elles pervertissent ou paralysent ; sur les facultés intellectuelles et morales qu'elles anéantissent ; en un mot, elles troublent si profondément le système cérébro-ganglionaire, qu'elles transforment pour ainsi dire l'homme et le pervertissent à un point extrême. A un degré élevé toutes les aberrations mentales sont possibles. Les passions agissent, tantôt en provoquant une impulsion subite et véhémente qui éclate et brise les ressorts de l'âme, tantôt en produisant un affaiblissement graduel et prolongé qui use peu à peu la résistance morale, la détruit, et laisse l'homme intellectuel et moral sans défense. L'influence des passions dans la production de la folie est-elle différente ?

Après avoir parlé des passions, il est utile de rappeler une cause qui, dans certains cas, se rattache comme conséquence à des accès de folie et quelquefois à des passions elles-mêmes poussées à l'excès. On rencontre des malades qui, sans cause raisonnable, tombent peu à peu dans une langueur morale incompréhensible dont rien ne peut les tirer. Ils continuent à agir comme par le passé, gèrent leurs affaires, s'occupent d'eux-mêmes et de leurs familles, quoique continuellement poursuivis par une tristesse invincible. Bientôt ils éprouvent de la répugnance à participer aux occupations de la vie commune, ils fuient les plaisirs et les joies du monde, se tiennent à l'écart, l'air soucieux, l'œil morne et inquiet, et lorsqu'on les interroge, ne répondent qu'avec froideur et par monosyllabes. Toujours plongés dans de tristes et amères réflexions, la vie leur paraît difficile d'abord, puis insupportable. Le désir de s'en défaire s'empare de leur esprit, et ils se fortifient dans cette idée par la crainte de maux incurables ; ils prennent alors une ferme résolution, et vont chercher dans la mort la paix et la tranquillité qu'ils n'ont pu trouver sur la terre. L'ennui de vivre s'attache à toutes les classes de la société. L'abus des plaisirs et la satiété des jouissances paraissent en être la source la plus féconde ; car la répétition trop fréquente des émotions et des sensations émousse la sensibilité et rend indifférent aux jouissances ordinaires de la vie. Ne voit-on pas l'épuisement et la mélancolie s'attacher assez souvent à ceux qui ont abusé, aux hommes qui ont vécu dans les festins, aux roués émérites usés dans les orgies, aux coquettes à chevron, qui ont trop vieilli, aux hommes éprouvés par de grandes fatigues, aux industriels qui ont dirigé de grandes entreprises, etc., etc. ? L'habitude des jouissances fortes, des émotions puissantes rend les hommes blasés, insensibles aux douceurs de l'amitié et de la tendresse, aux charmes de la musique, en un mot, à toutes les impressions douces qui rendent la vie heureuse. Cette insensibilité se change bientôt en une froide indifférence, d'où naît ordinairement cet inexorable *tædium vitæ* qui conduit au sacrifice volontaire de soi-même.

Je ne dois pas oublier l'influence de certaines causes physiques, telles que l'abus des liqueurs spiritueuses, qui détermine à la longue un véritable état d'anéantissement moral ou de manie chronique ; les excès vénériens, l'onanisme, les troubles de la menstruation. On a fait la remarque que les femmes se suicidaient principalement pendant l'époque menstruelle. Du reste on sait qu'à ce moment un grand nombre de femmes deviennent irascibles et nerveuses, et les annales de l'aliénation mentale sont remplies de faits dans lesquels l'influence de cette cause est démontrée de la façon la plus évidente.

Je ne parlerai pas de ces cas dans lesquels un délire évident, dû à une maladie accidentelle, ou à des hallucinations, ou à un état maniaque, devient la cause du suicide. L'identité se trouve naturellement démontrée par la réunion des deux causes en une seule : cela ne fait de doute pour personne. Les théologiens eux-mêmes ont pris bien soin d'établir cette distinction, et ils nient avec grande raison que les auteurs des suicides exécutés dans l'état de délire soient *coupables*.

On trouve dans le monde des hommes qui ne sont nullement atteints de folie et qui présentent néanmoins dans leurs manières, dans leur caractère, dans leurs habitudes, quelque chose d'insolite, qui frappe les personnes qui les entourent. Trop raisonnables encore pour être considérés comme fous, trop fous pour être conservés dans la catégorie des gens raisonnables, ils occupent un état intermédiaire désigné sous le nom d'originalité. Il ne faut pas se dissimuler que les hommes, à bon droit placés dans cette catégorie, sont sous la menace perpétuelle du délire. Or donc, lorsqu'ils se donnent volontairement la mort, on peut prononcer à coup sûr qu'ils ont obéi à une impulsion délirante. Les cas de cette espèce sont excessivement nombreux. Le docteur George Swiney, habitant Causden-Town et possesseur d'une grande fortune, se laissa mourir de faim. A l'ouverture de son testament on trouva des dispositions qui honoraient infiniment la mémoire du défunt, mais à côté d'elles on en trouva d'autres qui témoignaient hautement de l'excentricité de son caractère. Alors on se rappela que ce gentleman vivait depuis longtemps dans une séquestration absolue, qu'il ne s'était point rasé depuis deux ans, etc., etc.

Quelques malades recourent au suicide à l'occasion d'une bagatelle ou d'une cause insignifiante. Par exemple, milord Saarborough, membre de la Chambre des pairs, qui avait fait preuve dans plus d'une occasion d'un beau et noble caractéré, se tua pour sortir d'embarras, parce qu'il ne sut pas choisir entre une maîtresse qu'il aimait et à qui il n'avait rien promis, et une femme qu'il estimait et à qui il avait fait une promesse de mariage. Qu'il me soit permis de rappeler encore l'histoire d'un jeune artiste fort aimé de ses parents et surtout de ses camarades, et qui eut une querelle légère avec l'un de ceux-ci. Un chagrin extraordinaire s'empare de cet infortuné jeune homme, il quitte le théâtre, et dans la même journée il s'asphyxie. L'énormité de cette détermination était-elle en rapport avec le peu de gravité de la cause ? Et cette jeune fille d'Asnières qui se tue parce qu'elle n'a pu acheter une robe de bal, jouissait-elle d'une saine raison ? D'autres malades ne reculent pas devant un acte pareil au suicide, voulant, à ce qu'on imagine, faire preuve d'un grand courage. Ici plus qu'ailleurs les apparences sont trompeuses, et il est nécessaire de procéder à une dissection. A cette occasion je citerai le trait suivant. Tibère fait condamner à mort Furius Geminus, homme consulaire, sous le prétexte de haine et d'impiété envers l'empereur. Pour toute défense Geminus produit au sénat son testament par lequel il institue l'empereur son légataire. « Si vous n'êtes pas un conspirateur, lui dit-on, vous êtes un efféminé qui vivez dans la mollesse. » Geminus tire son épée, s'en perce et dit au questeur qui lui signifie son arrêt : « Regarde et dis si celui qui meurt ainsi est un homme ou un efféminé. » Une pareille réponse peut faire honneur à l'esprit de cet homme; mais à sa raison ? je ne le pense pas. Bien que nous n'ayons pas de renseignements spéciaux sur les antécédents de ce Geminus, et que nous ne connaissions pas toute son histoire, ne nous est-il pas permis, en nous fondant sur ce simple renseignement, d'affirmer que son acte est un trait de folie ? Faire preuve d'esprit dans un mot que conserve l'histoire, n'est pas une démonstration que la raison et les facultés morales n'avaient reçu aucune atteinte.

Le traitement de la monomanie suicide n'a rien de spécifique, et ne diffère nullement de celui des autres monomanies. On le distingue en physique et moral.

Le traitement physique consiste surtout en exercices du corps, tels que des marches forcées, l'équitation, la danse, la gymnastique, le travail des champs, le séjour à la campagne, dans un lieu agréable, au milieu d'amis et de joyeux compagnons ; les voyages avec des personnes d'un caractère gai, etc. Si la santé générale est altérée par des troubles digestifs, de la fièvre, des accidents nerveux, cérébraux ou ganglionnaires, etc., on a recours aux moyens ordinaires, dont l'efficacité est proclamée par l'expérience des siècles. Les bains, la diète, les émissions sanguines, les vomitifs, les purgatifs, les dérivatifs cutanés, ou intestinaux, etc., trouvent, selon l'occurrence, une place utile dans la thérapeutique du suicide. Emploie-t-on d'autres moyens dans les monomanies ?

Le traitement moral est le plus important ; mais aussi le plus difficile, et celui qui réclame de la part du médecin une plus grande attention et une plus grande sagacité. La sagesse et l'expérience indiquent que ce traitement doit être dirigé par les hommes qui se sont consacrés spécialement à l'étude de l'aliénation mentale.

Le délire qui conduit au suicide n'est presque jamais tellement absolu que la conscience ne soit avertie des troubles cérébraux. Cette pensée ne devra donc jamais abandonner le médecin ; car c'est en vertu de la persistance de ce sentiment intime, que les conseils ont de l'influence sur l'esprit du malade.

Il est impossible de tracer des règles générales de traitement du suicide. Dans tel cas, il faut détourner l'attention du malade et la fixer sur un objet étranger : dans tel autre cas, il faut attaquer directement le malade à l'aide du syllogisme, et lui livrer un combat de paroles en se plaçant sur le même terrain que lui. Avouons-le pourtant, cette dernière méthode est ordinairement vicieuse et donne des résultats généralement peu favorables, car les monomaniaques sont attachés à leurs idées avec une opiniâtreté incroyable. S'il est possible d'opérer une sorte de dérivation morale en surexcitant telle ou telle faculté morale engourdie, en faisant revivre des sentiments vifs et entraînants, il ne faut pas le négliger, car on peut, de cette manière, pénétrer dans l'esprit des monomanes et conquérir sur eux une grande puissance. Une impression morale subite a été suivie, dans certains cas, d'une guérison rapide et durable. Pinel raconte qu'un littérateur anglais, pris d'une belle envie de se tuer, allait se jeter dans la Tamise, quand il fut attaqué par des voleurs. Le futur mort, surpris de l'audace étrange de ces impertinents, se défend à outrance, et, dans la chaleur du combat, oublie son projet. Il rebroussa donc chemin, et rentra chez lui parfaitement guéri. La vive émotion produite par la rencontre inopinée de ces malfaiteurs l'avait corrigé de sa folle idée, car il vécut jusqu'à un âge avancé et mourut de vieillesse. On connaît plusieurs exemples analogues. Bien que ce mode de terminaison si brusque soit rare, cependant il faut en être instruit afin de pouvoir le provoquer dans certaines circonstances.

Dans le suicide aigu, l'exécution suit si promptement la détermination que tout traitement devient impossible ; dans le suicide chronique, il en est autrement. Quand un malade prend la résolution de mourir, il ne court pas à la mort comme à une fête ; de pareils entraînements sont rares. Une tristesse lente et profonde s'empare de son âme, un découragement indicible le pénètre, et ce n'est quelquefois qu'après des efforts inouïs qu'il parvient à prendre une détermination irrévocable. Longtemps il tâtonne, hésite, remet au lendemain, fait de nouveaux projets, puis essaye une première fois : il échoue, recommence, et finit par succomber. Ce long combat de l'homme assis sur le bord de la tombe s'accompagne de douleurs amères. Un malade confié aux soins de M. Esquirol « passe vingt-un jours sans rien pren-

dre. Dès le douzième, il ne quitte plus le lit ; sa maigreur
est très-grande ; les sécrétions sont suspendues, la faiblesse
excessive. On entend le malade répéter souvent : « *Qu'il en
coûte pour mourir !* » D'autres fois le malade oublie les peines physiques pour les peines morales ; et il exhale dans ses
paroles ou dans ses écrits les douleurs de son âme :

> L'heure a sonné... Bientôt, sur un lit funéraire,
> Mon corps n'aura besoin que d'un peu de poussière.
> > Entendez-vous le glas ?
> Le jour est arrivé du funeste passage.
> Entendez-vous l'oiseau de sinistre présage
> > Annonçant le trépas !
>
> Adieu donc, souvenirs, rêves de mon enfance,
> Chères illusions de mon adolescence,
> > Adieu donc sans retour !
> Vous fûtes un beau jour, un éclair dans ma vie,
> Rapide comme lui, comme une rêverie,
> > Comme un rêve d'amour !

Ces vers, trouvés auprès du cadavre d'un jeune homme de
vingt-huit ans qui venait de se suicider, ne sont-ils pas la
manifestation la plus expressive du découragement et d'une
tristesse délirante ?

La lutte qui précède le suicide se trahit donc assez souvent, tantôt par des plaintes et des douleurs physiques,
tantôt par un trouble mental caractérisé plus spécialement
par la mélancolie. Qui sait ? Peut-être alors le malade a-t-il
besoin seulement d'un conseil salutaire, d'une parole de
consolation ; peut-être attend-il une main amie pour l'empêcher de glisser dans le précipice. Si le génie de l'amitié et
de la charité était toujours vigilant, et répandait sur ce qui
l'entoure sa bienfaisante influence, combien n'aurions-nous
pas de malheurs de moins à déplorer ! A cet instant, tout
n'est peut-être pas perdu, et des soins attentifs peuvent sauver le malade. L'expérience démontre, en effet, que la monomanie suicide, à sa période d'incubation, peut encore
reculer et se guérir radicalement. Si l'on n'est pas assez

heureux pour obtenir ce résultat, il ne faut pas désespérer. Dix-huit mois de traitement furent nécessaires à Esquirol pour guérir une malade qui avait fait de nombreuses tentatives de suicide ; mais la ténacité et la vigilance du médecin l'emportèrent sur l'opiniâtreté de la malade. A cet égard, il est impossible de fixer les limites au delà desquelles tout espoir est perdu, et en deçà desquelles le triomphe de la médecine est encore possible.

D'après les très-courts renseignements que je viens de donner, il est facile d'apercevoir que le traitement du suicide doit être dirigé d'après les mêmes règles que le traitement des autres monomanies. A peine quelques précautions spéciales sont-elles nécessaires pour la curation de la monomanie suicide. J'ai négligé de les signaler, parce que je ne fais pas un traité du suicide, et que cela aurait dépassé le cadre que je me suis imposé.

Je viens de dire qu'il n'était pas impossible d'arrêter un accès de suicide à son début, comme on arrête un autre accès de folie. Bien que ce soit là un avantage digne d'envie, il en est un autre cependant que le médecin doit rechercher avec plus d'instance, c'est celui de prévenir la maladie. Toute l'indication à suivre dans la prophylaxie du suicide se résume en un mot : Soustraire le malade à l'action des causes.

Les législateurs ont, à plusieurs reprises, tenté de mettre un frein au suicide. Les uns ont montré une rigueur excessive en insultant au cadavre et en punissant les héritiers ; les autres ont été moins sévères sans plus de succès. Cela devait être. Punit-on quelqu'un d'être laid, ou grand, ou petit ? Inflige-t-on le blâme aux pneumoniques ? Toutes ces lois étaient donc vicieuses.

Les Romains, convaincus, à une certaine époque, de l'impuissance radicale des règles suivies en pareille matière, mirent sous la protection de l'honneur personnel la vie des guerriers. Garantie souverainement illusoire, bien propre à faire sentir l'inefficacité des mesures légales !

Dans certaines circonstances cependant on retira des effets salutaires de plusieurs lois comminatoires qui arrêtèrent des épidémies de suicide, comme dans des circonstances analogues des lois de cette nature avaient arrêté des épidémies d'affections nerveuses. Les Thébains, par exemple, ordonnèrent, dans une épidémie, de brûler le corps des suicidés ; les Athéniens firent couper les mains du mort et les brûlaient à part : une loi de Tarquin défendait la sépulture ; une autre loi très-recente du roi de Wurtemberg ordonna que les corps des suicidés fussent livrés aux amphithéâtres de dissection ; le sénat de Milet fit exposer nu, sur la place publique, le corps des filles qui se suicidaient ; Ptolémée-Philadelphe, roi d'Egypte, avait fait défense expresse au philosophe Hégesias d'enseigner à Cyrène les doctrines de Zénon. D'après ces dispositions réglementaires, bien différentes, on peut se convaincre que des lois uniformes eussent été parfaitement inefficaces, comme l'ont été de tout temps les lois qui ont régi les grands peuples; comme le sont, du reste, celles qui régissent la France, l'Angleterre et tous les grands États modernes, et il faut en tirer la conclusion que des mesures spéciales et tout à fait de circonstance sont seules propres à arrêter les épidémies et à les prévenir.

J'ai dit que pour prévenir le suicide il fallait en empêcher les causes ; or, aucune d'elles n'est plus fréquente et plus efficace que la passion dans ses diverses formes. Les philosophes ont exercé leur verve et leur talent oratoire contre le suicide ; quelques-uns même, à l'exemple de J.-J. Rousseau, ont discuté le pour et le contre. Tous ont également perdu leur temps et leur peine. Ce n'est pas avec des fleurs de rhétorique qu'on gouverne les hommes, ce n'est pas avec des phrases plus ou moins habilement préparées que l'on dompte les passions, et surtout ce n'est pas avec de plus ou moins belles paroles qu'on guérit les maladies. Un pareil secret n'appartient pas à la philosophie.

Et d'abord, faisons-nous une question : Est-il possible de

dompter les passions? Peut-on assouplir les esprits au point de les rendre habituellement soumis à la discipline? Peut-on les engager dans une voie telle qu'ils puissent difficilement échapper aux préceptes de la sagesse et qu'ils soient toujours disposés à rentrer sous le joug de la raison? Je le crois, mais c'est une tâche difficile, véritable miracle dont le christianisme est seul capable.

De toutes les doctrines qui ont régné dans le monde, nulle ne contient d'aussi riches trésors de mansuétude et de miséricorde, nulle ne peut mieux remplir l'esprit humain et le dominer que la sublime doctrine de l'Évangile. Elle donne aux faibles la force; aux puissants, l'humilité; aux malheureux, la résignation; aux coupables, le pardon; à tous, l'espérance. Elle aide à supporter les angoisses de la misère, les tortures des passions, le supplice des positions hérissées de dangers et d'épreuves douloureuses; elle fortifie l'âme contre toutes les souffrances, rend le désespoir impossible et apprend à supporter avec résignation les vicissitudes de la vie. Il n'existe donc pas de doctrine plus puissante pour mettre un frein aux passions; pas une, par conséquent, qui soit plus propre à mettre une entrave aux causes les plus fécondes du suicide. Tant que l'homme n'a pas dépassé les limites de la raison au delà desquelles les préceptes deviennent inutiles, il peut donc se mettre avec sécurité sous la sauvegarde puissante du christianisme.

J'ai résumé dans un seul mot, celui de catholicisme, toute la prophylaxie de la monomanie suicide; c'est qu'en effet tout est là, et que ce mot, magique pour ainsi dire, répond à tout. J'attache à ce moyen une importance d'autant plus grande que les causes physiques, proprement dites, me semblent avoir une efficacité d'autant moindre et que les causes morales jouent un rôle plus important.

De ce que j'attache une importance si grande à l'influence tutélaire et bienfaisante du christianisme, il faudrait se garder de croire que mon opinion s'élève jusqu'à l'exagération.

Je pense que cette influence serait insuffisante pour arrêter seule une prédisposition bien manifeste et énergique. Empêche-t-elle la dyssenterie, ni les attaques d'apoplexie? Mais dans le cas où son insuffisance serait reconnue, elle pourrait avoir un avantage vivement désirable, celui de transformer l'objet du délire. Or, la possibilité de ce résultat ne pourrait être niée. Lorsque la prédisposition à la monomanie existe, la maladie n'attend qu'une occasion pour éclater; alors on ignore complétement la forme prochaine de cette maladie, mais surtout on ignore l'objet futur du délire. Les conditions accessoires, les causes efficaces deviennent dans ce cas toutes-puissantes pour déterminer telle ou telle espèce de délire. N'est-ce pas un bienfait véritable de pouvoir éviter le délire de la monomanie suicide, alors qu'on serait sûr de tomber dans une autre monomanie?

SECTION III.

Quelques objections sérieuses en apparence ont été faites contre le système que je présente ici. Examinons la valeur de quelques-unes d'entre elles.

On dit : « La statistique a démontré que la mort volontaire était dans une relation constante et proportionnée avec le nombre des empoisonnements, avec celui des délits contre les personnes et les propriétés, avec l'infanticide, l'homicide, etc., etc.; donc le suicide est de même nature que les crimes dont on vient de parler ; donc, il est également punissable, etc. » — Je réponds, qu'à ces statistiques on peut avec juste raison en opposer d'autres qui n'ont pas moins de valeur. En effet, il est démontré que le suicide, comme les fluxions de poitrine, comme la phthisie, comme la folie, comme les monomanies diverses, frappe tous les ans un certain nombre de victimes, et que les proportions de ces maladies sont à peu près constantes. Ainsi, dans un hôpital destiné au traitement des aliénés, on trouve, non peut-être à un jour donné, mais dans des périodes déterminées, une somme

de monomanies suicides, une somme de monomanies éroti-
ques, une somme de monomanies religieuses, etc. , qui sont
au fond toujours les mêmes, et varient à peine. Sous ce rapport, on peut donc établir qu'il existe une moyenne permanente, dont les extrêmes sont fort rapprochés, à moins que les
maladies diverses dont je viens de parler ne prennent le caractère épidémique. J'attache une importance tout à fait se-
condaire à l'intervention des données statistiques dans la solution des problèmes médicaux ; néanmoins on ne peut se
dissimuler que la fixité approximative du nombre des suicides doit écarter de l'esprit la pensée d'une simple dépravation morale, comme cause primitive et efficiente de cette maladie.

On a fait une autre observation qu'on a crue mieux fondée
que la précédente ; on a dit que les suicides marchaient
rallèlement en nombre avec certains crimes, et pour cette
raison on a assimilé ces deux actes. C'est là une erreur grave
ou tout au moins un rapprochement forcé. Je suis convaincu qu'on pourrait trouver, sans beaucoup de peine, des
termes de comparaison avec des objets tout à fait insignifiants, et des rapports numériques intimes entre le nombre
des suicidés et le nombre de chevaux d'un département, ou
avec la quantité de vin, produite par telle ou telle contrée ;
en un mot avec des actes dans lesquels la moralité n'est nullement intéressée. S'il arrivait qu'on découvrît entre la con-
sommation du sucre, par exemple, et le nombre des suicides
une proportion constante, serait-on autorisé, je le demande,
à conclure à une identité dans les deux faits mis en regard ?
C'est pourtant ce que l'on fait tous les jours, en prenant
toutefois pour terme de comparaison des crimes ou d'autres
maladies. Ainsi, le rapprochement opéré avec quelque apparence de raison entre le suicide et l'empoisonnement par
l'arsenic ou tout autre crime est aussi faux, aussi vicieux, ou
plutôt aussi insignifiant que celui qu'on pourrait faire avec
le nombre de kilogrammes de sucre usés dans un temps

donné. S'il suffisait d'un simple rapprochement pour juger de la nature d'un fait ou d'une chose quelconque, et surtout si ce simple rapprochement devait conduire logiquement à la conclusion de l'identité des deux objets mis en regard, il faudrait nécessairement reconnaître que deux fleurs dans un parterre, que deux édifices dans une ville sont également semblables. Or, qui ne reculerait devant pareille conclusion ?

La statistique annonce un autre résultat, vrai au fond quant à ce qui la concerne particulièrement, mais dont, à mon avis, elle tire de singulières conséquences. Elle établit que le suicide va chaque jour en augmentant, et aussitôt elle conclut à une augmentation de l'immoralité. Voyons sur quoi se base cette conclusion.

Les exemples de suicides qui trouvent place dans les colonnes numériques des statisticiens sont tous les jours de plus en plus nombreux. Cela est incontestable ; mais cela prouve-t-il la thèse des auteurs auxquels je fais allusion ? Je ne saurais partager cet avis. Il me semble qu'on a été trop prompt à dicter son jugement, et qu'il eût mieux valu chercher l'explication des faits que d'accepter sur parole celle qui avait cours dans la science. Ainsi, dès que le résultat statistique fut connu, on se hâta de jeter l'alarme, on cria que la moralité publique baissait, que l'espèce humaine allait en se dégradant. Les pessimistes firent écho, et cette idée pénétra peu à peu dans l'opinion générale. On ne s'aperçut pas qu'en raisonnant de la sorte on commettait deux erreurs : la première, de croire que la somme des suicides augmentait réellement ; la seconde, que cette augmentation se liait à une dégradation de l'espèce humaine. Depuis que la publicité a pris une extension si considérable, depuis que les journaux quotidiens, ces Renommées aux cent voix, ont cru, dans des intérêts de parti ou de simple curiosité, devoir raconter à leurs lecteurs les divers suicides qui parviennent à leur connaissance ; depuis que différents gouvernements, et le gouvernement français en particulier, ont attaché leur attention d'une manière spéciale sur l'aliénation mentale, on s'est plu, pour ainsi dire, à ne laisser échapper aucun fait de suicide, et à leur donner la publicité la plus étendue. Ces deux causes réunies, influence des journaux et observation plus minutieuse, ont contribué à grossir le nombre des suicides *connus*. Mais en réalité rien n'autorise à croire que ce nombre ait réellement augmenté. Chaque hospice d'aliénation mentale nouvellement institué dans un département fait surgir un nombre d'aliénés jusque-là inaperçus ou restés dans l'oubli; pourquoi en serait-il autrement pour le suicide ? Les renseignements fournis par la statistique ne me semblent donc d'aucune importance dans la solution du problème qui nous occupe.

Les circonstances concomitantes, de même que celles qui précèdent ou suivent le suicide, doivent être prises en haute considération. L'appréciation de ces circonstances est difficile, car on tombe aisément dans l'exagération, soit qu'on néglige trop certains faits secondaires, soit qu'on leur accorde trop d'importance. Un jugement impartial et éclairé ne peut donc être porté qu'à la condition de faire entrer en ligne de compte tous les actes de la vie du suicidé; bien plus, il faut nécessairement mettre dans la balance toutes les prédispositions héréditaires dont était frappé le malade. Et ces prédispositions se trahissent non-seulement dans les affections des ascendants, mais encore dans celles des descendants, une solidarité possible mais non nécessaire unissant toute la lignée et la couvrant d'un même réseau. C'est, d'une part, pour avoir trop négligé de tenir compte des circonstances accessoires, et, d'autre part, pour avoir trop fait abus des hypothèses, que des observateurs superficiels ont interprété d'une façon inexacte certains faits de l'histoire, qui servent aujourd'hui de rempart au système que je combats. Le plus fameux de ces faits est, sans contredit, la mort de Caton d'Utique, arrière-petit-fils de Caton le Censeur. Le

sujet est curieux et digne d'intérêt ; il ne sera donc pas hors
de propos d'entrer dans quelques détails, afin de rétablir la
vérité historique. — Si l'on en croit quelques amis de la
sagesse antique ou certains esprits chagrins toujours disposés à bien dire du temps passé pour pouvoir médire du
temps présent, Caton aurait fait preuve, à son heure suprême,
d'un noble courage digne de sa grande âme, et il serait mort
en vrai philosophe. A l'exemple de Socrate, il se serait en-
touré de quelques amis fidèles, se serait entretenu avec eux ;
puis, l'esprit calme et réfléchi, il se serait immolé victime
de son amour pour la république à laquelle il ne voulait pas
survivre. Mettant de côté cette tradition altérée par les passions ou les préjugés, interrogeons l'histoire dont la voix
inflexible se prête plus difficilement aux exigences des partis
politiques, philosophiques ou autres. Plutarque raconte que,
la veille de sa mort, Caton s'occupa de ses affaires comme
de coutume. Il donna des ordres pour faciliter l'embarquement de ses compagnons d'infortune, et, l'heure venue, il
se lava et se mit à table. Après le souper, on discuta plusieurs points de philosophie, et probablement celui du suicide. Apollonides, appartenant à la secte des stoïciens,
et Démétrius, à celle des péripatéticiens, soutenaient des
opinions contraires.

« Mais, dit Plutarque, Caton prenant la parole d'une
« grande véhémence, et d'une voix plus aspre et plus grosse
« que de coutume, continua cette dispute fort longuement
« et contesta d'une affection merveilleuse, de sorte qu'il n'y
« eut celui en la compagnie qui ne cogneust évidemment
« qu'il estoit tout résolu de s'oster des misères de ce monde,
« en mettant fin à sa vie. » Après avoir achevé son discours
il s'occupa encore d'affaires.

« Quand il se voulut retirer en sa chambre, alors il em-
« brassa son fils et le caressa avec ses amis les uns après les
« autres plus amiablement qu'il n'avoit appris ; ce qui
« donna de rechef soupçon de ce qu'il avoit en pensée de

« faire. Entré en sa chambre et couché en son lict, il prit en
« main le dialogue de Platon où il traitte de l'âme, et en leut
« la plus grande partie, puis regardant au-dessus de son
« chevet, il ne veit point son espée, pour ce que son fils la lui
« avoit fait oster comme il étoit encore à table. » Caton ap-
pela un valet, lui demanda pourquoi on avait enlevé son
épée et lui donna l'ordre de la lui apporter sur-le-champ :
le valet sortit. Comme ce dernier ne rentrait pas, Caton ap-
pela tous ses serviteurs les uns après les autres. « Et com-
« mença à leur user de plus rude parole en leur redeman-
« dant son espée, jusqu'à donner sur le visage de l'un, un si
« grand coup de poing, qu'il *s'ensanglanta toute la main*,
« se courrouçant à bon escient et criant que son *propre*
« *fils* et ses serviteurs le vouloyent *livrer tout vif* à son
« ennemi. » Démétrius et plusieurs autres amis se précipitèrent dans sa chambre en pleurant, mais il les reçut assez
mal. Ils se retirèrent et envoyèrent l'épée. « Quand il la tint,
« il la desguaina et regarda si la poincte en estoit bien ai-
« guisée et le fil bien tranchant : ce qu'ayant trouvé, —
« Alors je suis, dit-il, maintenant à moy. » — Il mit son
épée à ses côtés et s'endormit. Vers minuit, il fit venir ses
deux affranchis Butas et Cléante ; donna sa main à celui-ci
pour la bander parce qu'elle était enflée du coup de poing
donné à l'esclave, et envoya le premier au port pour y surveiller les préparatifs pour l'embarquement des troupes.
Butas revint au point du jour lui rendre compte de la mission importante qu'il venait de remplir. Caton le congédia :
« Mais aussitôt que Butas eut le dos tourné, il desguaina
« son espée et s'en donna un coup au-dessoubz de l'esto-
« mach », et tomba sur une table. Au bruit de la chute, le
fils, les amis et les serviteurs accoururent en poussant des cris.
« Son médecin s'approchant voulut essayer de remettre les
« boyaux qui n'estoient point entamez et recouldre la playe :
« mais quand il se fut un peu revenu d'esvanouissement, il
« repoussa arrière le médecin, et *deschirant ses boyaux*

« *avec ses propres mains, ouvrit encore plus sa playe,* tant
« que sur l'heure il en rendit l'esprit. » (*Les Vies des hommes illustres grecs et romains,* par Plutarque, translatées
de grec en françois par maistre Jacques Amyot, vol. V,
pag. 2925 et suivantes. Paris, 1587.) Or, je le demande,
cette mort est-elle digne d'un sage ou d'un aliéné ? est-ce
celle d'un homme plein d'une sainte résignation, ou celle
d'un fou furieux ? Le simple exposé des faits suffit, je crois,
pour juger la question. Les détails dans lesquels je viens
d'entrer me dispenseront de m'arrêter à l'histoire de Brutus,
qui lui aussi se suicida. Vaincu à la bataille de Philippes, il
se retire sur un roc escarpé, se jette sur son épée et expire
sur-le-champ. Aussitôt on célèbre cette mort comme un
trait d'héroïsme, mais, avec intention peut-être, on oublie
de dire qu'il avait de véritables hallucinations et s'entrete-
nait parfois avec un fantôme. D'après cela, que vient-on
nous parler de ces Romains du Bas-Empire qui s'ouvraient
philosophiquement les quatre veines, et mouraient dans
leur bain avec toute la grandeur d'âme des stoïciens ? Que
vient-on nous parler de la précipitation de Curtius dans ce
fameux gouffre, dont l'existence même a été niée par des auteurs fort recommandables ? Que va-t-on chercher si loin de
nous des faits qu'il est si facile de mettre en doute, des faits
si incomplets, que nous n'en connaissons que le résulat ?
On suppose que ces gens-là n'étaient pas aliénés. Mais depuis quand est-il permis en logique de juger l'inconnu par
l'inconnu ? est-il rationnel de supposer qu'ils n'étaient pas
aliénés, pour soutenir cette autre supposition, que le suicide
peut dépendre d'une simple dépravation morale ? Les hommes prévenus ou intéressés peuvent attribuer ces suicides
à l'amour de la patrie, au dévouement, à une grande géné-
rosité ; mais ces assertions ne suffisent pas à l'observateur
impartial, et elles ne sauraient servir de preuves positives. Je
n'insisterai pas davantage sur la nécessité d'étudier les faits
sous toutes leurs faces, et de ne pas se contenter du simple ré-

sultat pour les juger. Cette manière de faire conduit aux plus grandes erreurs.

On s'est beaucoup appesanti sur le suicide simultané pour prouver la criminalité de l'action. Je répéterai encore qu'on oublie le point principal, à savoir : démontrer que les individus se suicidant en même temps jouissent d'un état intellectuel entièrement sain. Citera-t-on, par exemple, l'observation de ces jeunes gens qui, s'aimant avec ardeur, ne peuvent accomplir une union promise sur la foi des ser-ments les plus saints, et désirée avec la passion la plus vive ? Mais ne sait-on pas qu'en face d'un pareil supplice, le chagrin, le désespoir s'emparent facilement de l'âme et éteignent l'em-pire de la raison ? Ne voit-on pas tous les jours les passions s'exalter jusqu'à la monomanie la plus palpable, bien entendu, quand les malades sont déjà frappés d'une prédisposition funeste ? Ce n'est pas tout : il est excessivement rare de ne pas trouver dans les actes qui précèdent la tentative, ou dans les écrits laissés par ces malades, les traces d'une aliénation réelle. Ainsi, c'est ordinairement après des saturnales, des désordres longtemps prolongés, après des nuits passées dans le délire des passions, quelquefois après des manifestations bizarres que cet acte s'accomplit. Puis se présente ici une observation capitale. Dans la majeure partie des cas de cette espèce, on voit l'une des deux personnes engagées changer tout à coup de résolution et abandonner la partie. Que se passe-t-il donc ? un moment de trouble ou de faiblesse avait suffi pour arracher un triste aveu, mais en face de la mort l'instinct conservateur de la vie se réveille avec toute sa puissance, et les fumées d'un fol amour ou d'une passion niaise se dissipent. Ainsi reconnaissons en fait que le déve-loppement simultané de deux monomanies suicides est ex-cessivement rare, et que l'accomplissement de l'acte est plus rare encore. Que l'on observe pourtant des faits de ce genre, que deux monomanes consentent à s'ensevelir dans la même tombe ; cela ne doit pas trop nous surprendre. Lorsque deux

mélancoliques se trouvent en rapport, une sympathie particulière les entraîne l'un vers l'autre ; et la liaison qu'ils
contractent devient facilement intime, surtout si les passions
de l'adolescence viennent les cimenter. Les aliénés, il est
vrai, s'isolent et sont généralement égoïstes ; mais au début
de la lypémanie, avant que la maladie ait fait des progrès, à
l'époque où, semblables à deux voiles de deuil, la tristesse et
l'affliction obscurcissent seules l'intelligence, le malade est
encore accessible aux douces sympathies et l'union est encore possible. Peu à peu le mal augmente, puis éclate par
une tentative désolante, après que les deux monomanies,
échauffées au foyer l'une de l'autre, sont parvenues au degré d'excitation qui exclut l'efficace intervention d'une
volonté et d'une conscience saines. Mais quittons ces explica-
tions, c'est sur le terrain des faits que doit se vider la question du suicide réciproque. Tous les auteurs citent l'histoire
de ces deux vieillards, mari et femme, égoïstes déhontés, qui
consentirent au sacrifice de leur vie, et qui s'immolèrent en
effet, après avoir versé des larmes de douleur sur le sort
d'un chien et d'un chat qu'ils laissaient après eux. Ces deux
insensés avaient eu soin cependant de richement doter ces
animaux afin que quelqu'un en prît soin. Les faits analogues
sont assez rares et ne comportent véritablement pas une discussion sérieuse. Oserait-on dire que ces deux vieillards im-
béciles agissaient sous l'influence d'une saine raison ? personne ne pourrait le soutenir, en considérant seulement le
fait en lui-même. Que serait-ce donc si l'on pouvait remonter aux causes véritables, à la vie antérieure et aux
habitudes de ces deux malades ? Je conclus, et je dis : le
développement simultané de deux monomanies suicides est
possible, mais rare : le développement simultané ne peut
être considéré comme preuve d'une absence complète d'a-
liénation mentale. Enfin, on peut légitimement se demander
si, dans un certain nombre de suicides simultanés, il n'y a

pas à la fois un homicide et un suicide ; mais ceci est une
question de fait plutôt que de doctrine.

On a plusieurs fois attribué le suicide à une éducation vicieuse, au défaut de foi religieuse, aux idées philosophiques
mal comprises ou mal dirigées. Je me suis longuement arrêté
à l'influence de ces causes, et j'ai dit qu'elles pouvaient être
déermina ntes, jamais prédisposantes ; j'ajoute maintenan
que seules elles ne peuvent pas provoquer la crise redoutée.
Le nombre des hommes pénétrés d'une foi profonde et sincère est limité, et le nombre de ceux qui vivent sans foi ni
loi considérable. Si la supposition que je combats était vraie,
les premiers, c'est-à-dire ceux qui pratiquent la loi, devraient
être exempts de suicide, ou du moins ne présenter cette maladie que dans des cas excessivement rares. Or, l'observation
quotidienne apprend qu'il n'en est rien. Par opposition, le
suicide devrait être commun et très-fréquent, proportion
gardée, parmi les hommes de la seconde catégorie. L'expérience apprend, au contraire, que le nombre de ces malades
n'est pas tellement grand qu'on puisse attribuer la cause de
leur affection à leur manque de foi. Ce qui se passe autour de
nous ne justifie-t-il pas complétement ces assertions ? Cette
maladie frappe, avec une fureur égale, les hommes de tous
les rangs, de tous les partis, de toutes les conditions ; elle
agit alors comme la fluxion de poitrine, comme le rhuma-
tisme, comme la scrofule, comme toutes les maladies en
un mot. Si parfois elle porte ses ravages avec plus de rigueur
sur tels ou tels individus, ou même sur une série d'individus,
on peut sans crainte rapporter cette prédilection à l'influence
particulière des causes déterminantes. Mais il faut bien le
savoir, cette influence ne change en rien la question, et n'exclut nullement l'intervention d'un trouble cérébral, comme
cause efficace du suicide. Cela est tellement vrai, que les
hommes soumis à l'influence dissolvante de certaines doctrines philosophiques ne se tuent ni plus ni moins que les

autres, et l'on ne peut s'empêcher de reconnaître que le manque de foi religieuse, le manque de bonnes mœurs, le manque de conduite régulière, le manque de croyance, etc., ne sont pas suffisants pour produire seuls le suicide. Il est nécessaire que ces causes soient secondées dans l'impulsion qu'elles donnent à cet acte destructeur par des prédispositions spéciales, à moins cependant qu'elles ne soient assez puissantes par elles-mêmes pour produire un trouble mental, condition obligée de tout suicide. Il n'y a donc pas de différence essentielle entre le suicide provoqué par le délire maniaque, par exemple, et celui qui découle d'une éducation vicieuse et funeste, qui aurait éteint dans le cœur de l'homme la piété, la vénération, l'amour de Dieu, et toutes les croyances consolantes de la religion.

On a allégué que les sauvages ne se suicidaient pas, pour prouver probablement, d'une façon négative toutefois, que la civilisation est la cause réelle de cette maladie. Cette assertion est hasardée et fort ridicule. Connaît-on tous les suicides des pays civilisés ? On peut le mettre en doute. Connaît-on à plus forte raison ceux des pays sauvages ? Non certainement. Mais pourquoi nier avec assurance une chose qu'on ne sait pas ? Quelqu'un a-t-il fait le recensement des sauvages, et surtout a-t-il recherché le nombre et l'espèce de leurs maladies ? Si l'on avait pu prouver que le suicide frappe les hommes qui ont reçu le plus libéralement les bienfaits de la civilisation, et qu'il épargne, au contraire, ceux qui y sont restés à peu près étrangers ; si l'on avait pu établir une proportion directe entre les deux faits, civilisation et suicide, on aurait pu se croire autorisé à conclure que cette dernière maladie disparaît de plus en plus à mesure que l'on descend aux hommes ignorants et simples. Tel n'est pas le résultat obtenu. A défaut de statistiques précises, on peut consulter, sur l'état moral des sauvages, le sentiment de quelques voyageurs. Adam Smith, dans sa *Théorie des sentiments moraux*, parle ainsi des sauvages de l'Amérique :

« Leur maintien et leurs discours sont toujours calmes et
« composés, et n'annonçant qu'une âme tranquille ; mais
« leurs actions sont ordinairement furieuses et violentes. Il
« n'est pas rare de voir les personnes de l'âge et du sexe le
« plus timide, lorsqu'elles reçoivent quelque légère répri-
« mande de leur mère, se donner la mort sans proférer
« d'autres paroles que celles-ci : *Vous n'aurez pas long-*
« *temps une fille.* » Je n'ajoute pas, je l'avoue, une croyance
bien vive aux rapports de voyageurs qui n'observent qu'en
passant et d'une façon superficielle. Néanmoins, et à défaut
d'autres renseignements, leur témoignage ne doit pas être
négligé. Or, dans l'espèce, ce témoignage est contraire à
l'opinion que le suicide est inconnu parmi les sauvages.

Quelques personnes paraissent redouter singulièrement
l'application que je viens de faire de l'observation médicale
à l'histoire du suicide : elles s'en affligent sous le prétexte
qu'on pourrait en faire autant pour l'homicide et peut-être
même pour tous les crimes ; d'où naîtrait l'impossibilité de
distinguer ces derniers des actes de délire, et, par conséquent, la nécessité de les confondre sous le titre de *monomanies.*

Ma réponse sera précise et sans détour.

Si l'on démontrait que l'homicide est, comme le suicide,
de tout point assimilable à une monomanie, il faudrait accepter les conséquences de cette preuve et reconnaître la vérité. Or, la supposition que je fais en ce moment s'est déjà
réalisée dans maintes circonstances. Les médecins ayant
constaté l'existence de la monomanie homicide et en ayant
fourni la *preuve,* les juges, ordinairement si difficiles en pareille matière, se sont associés à l'opinion des médecins, en
acquittant les infortunés sur lesquels on appelait les rigueurs
de la loi. C'était bonne justice : mais je me hâte de le dire,
on avait affaire à des exceptions. En effet, si l'on jette les
yeux sur les comptes-rendus de la justice, on se convaincra
bientôt que le nombre des fous accusés et, par conséquent,

accusés à tort, est très-petit, comparé au nombre des accusés criminels. Ainsi, pour nous borner à un seul exemple, rappelons que parmi *cinq mille* accusés, M. le docteur Vingtrinier, médecin en chef des prisons de Rouën, a reconnu *cinq* fois seulement. Proportion singulièrement minime, qui nous montre l'impossibilité de faire, je ne dirai pas pour l'universalité, mais pour la généralité des criminels, le rapprochement qui existe entre le suicide et les monomanies. D'autres raisons encore font mieux sentir cette impossibilité: si l'on remonte à la vie antérieure du criminel, on retrouve ordinairement chez lui une constitution forte, l'absence d'accidens nerveux qui préparent à la longue les monomanies diverses, ou qui peut-être en sont le prélude; des conditions d'hérédité qui excluent toute idée de transmission morbide; puis, en face de cet état physique, une éducation vicieuse, des goûts bas et crapuleux, des instincts grossiers, des passions mal dirigées et sans frein, la fréquentation habituelle d'un milieu social dangereux, où l'infortuné puise à longs traits, dans la conduite de ses pareils, l'exemple et les leçons du vice et de la débauche. Enfin, on retrouve dans ses motifs d'action des témoignages presque irrécusables de sa culpabilité ; car il est difficile de ne pas apercevoir que ses actes les plus abominables ont eu pour cause la satisfaction de certains intérêts, le désir des jouissances, l'assouvissement des instincts, le rassasiement des passions, la recherche des possessions charnelles et égoïstes. Ainsi, l'état organique, l'état moral de l'individu, ses principes, ses motifs d'action, tout concourt à faire peser sur le criminel la responsabilité de ses actes, et justifie les rigueurs de la loi. Reconnaissons donc que si la monomanie homicide est excessivement rare, son existence est néanmoins au-dessus de toute espèce de doute; reconnaissons aussi, par opposition, que l'immense majorité des criminels ne présente aucune des conditions propres aux malades, c'est-à-dire aux monomanes proprement dits, et que, par conséquent, il est impossible de faire

pour l'homicide ce que j'ai fait pour le suicide, c'est-à-dire,
de l'assimiler à une monomanie. Quiconque voudrait faire
prévaloir l'opinion opposée devrait préalablement fournir à
l'appui des preuves certaines et positives, sans quoi sa théorie serait fondée sur le sable et repoussée par tous les observateurs attentifs.

L'histoire chrétienne nous raconte que plusieurs personnages, dignes de la plus grande vénération, ont consenti à
faire le sacrifice de leur vie, plutôt que de se laisser infliger
aucune tache. Parmi un grand nombre d'exemples, je rappellerai ceux cités précédemment de sainte Pélagie et de sa
mère qui se noyèrent, après s'être précipitées par une fe-
nêtre, celui de sainte Apolline qui se jeta dans le feu ; celui
de sainte Domnine et de ses deux filles, saintes Bérénice et
Prosdoce, qui se noyèrent pour sauver leur chasteté (voy.
Actes des Martyrs). Dans le commencement du christianisme, époque de foi vive, on vit éclater des dévouements
merveilleux, et aussi des traits d'abnégation personnelle,
poussés jusqu'au sacrifice volontaire. Plusieurs chrétiens
couraient au supplice, bravant les douleurs physiques avec
un courage véritablement héroïque. Les exemples de cette
nature se renouvelèrent si fréquemment que l'Eglise s'en
émut et condamna formellement le martyre volontaire. (*Concile de Laodicée*, canon 33 ; et *Concile de Carthage*, canon 2.) A Dieu ne plaise que je cherche à jeter un blâme
quelconque sur des actes de cette nature! je respecte trop
les croyances qui s'y rattachent pour élever des prétentions
à les heurter ou les contredire. Je pousserai le scrupule jusqu'à éviter toute discussion ; bien que, sans sortir des con-
venances et du respect, on pût livrer ces observations à
une appréciation médicale. En effet, on trouve dans ces observations deux caractères bien distincts : 1° celui qui provient de la croyance ; 2° celui qui provient de l'influence pathologique ou physiologique. Néanmoins, je crois qu'il est
plus sage de laisser ces faits en dehors du débat. Pour les

apprécier, j'aurai recours à une autorité qui n'est pas suspecte : « Excusantur Samson, Eleazar, Razias (1) et plures « qui honorantur ut martyres, licet mortem sibi intulerint, « quia præsumuntur ita egisse *ex divinâ inspiratione, vel ex* « *errore invincibili.* » (Bouvier, *Théologie,* p. 396, t. V.) Au surplus, nous n'oublierons pas que les saints personnages dont nous venons de parler en dernier lieu n'ont pas fait acte de suicide. S'exposer à la mort, c'est, comme je l'ai déjà dit, commettre une imprudence ou une faute, c'est, dans certains cas, faire une noble action ; mais, à coup sûr, ce n'est pas se suicider.

Il me serait facile de passer en revue diverses autres objections qui ne sont pas mieux fondées que les précédentes ; je m'en abstiendrai, préférant ne pas prolonger cette dissertation déjà trop longue pour le sujet qu'elle embrasse.

En résumé, il me semble, d'après ce que je viens de dire, que le suicide peut être assimilé aux autres monomanies. Cette assimilation est si parfaite qu'elle s'étend à la symptomatologie, à la marche, à la durée, à la terminaison, au diagnostic, au pronostic, à l'étiologie et au traitement. Je suis convaincu qu'en creusant davantage le sujet, on trouverait, dans différents détails, une foule d'analogies qui m'ont échappé ou que j'ai négligées. Ainsi, je pourrais m'arrêter à ce point, après avoir, comme je l'ai fait, établi successivement tous les termes de la comparaison. Cependant, que l'on me permette encore une observation.

Dire que l'acte du suicide est un acte de monomanie, et

(1) Démétrius a envoyé Nicanor contre les Juifs. On accuse auprès de Nicanor un des anciens de Jérusalem, qu'on appelait le père des Juifs. Nicanor envoie cinq cents soldats pour le prendre. Razias ne voulant point tomber vivant entre les mains des ennemis de son Dieu, se donne un coup d'épée. Lorsqu'il eut perdu presque tout son sang, il tira ses entrailles hors de son corps, et les jeta avec ses deux mains sur le peuple, invoquant le dominateur de la vie et de l'âme, afin qu'il les lui rendît un jour : et il mourut de cette sorte. (*Machabées,* liv. II, ch. XIV, vers 37-46.)

le dire pour prouver la monomanie elle-même, serait, à coup sûr, un raisonnement vicieux ; car il n'est pas permis logiquement de juger la question par la question. Néanmoins, est-il possible de dédaigner cette considération ? M. Falret a dit : « Ne pas sentir l'horreur de la mort, cet « instinct si vif dans les êtres, c'est une défectuosité, un « état contre nature. » Quant à moi, je partage cette opinion, et ne conçois pas plus le suicide sans aliénation mentale, que je ne conçois sans trouble cérébral les actes de celui qui se croit empereur de la lune, qui s'entretient avec un démon familier, qui prend une maison pour une armée, qui se croit transformé en cafetière, qui harangue un bosquet s'imaginant parler à des hommes, ou qui commet tel autre acte de folie que l'on pourrait imaginer. Ce sentiment, ou plutôt cet instinct de la conservation personnelle, fait partie intégrante de l'homme, et il est incontestable qu'il subsiste dans les êtres les plus dégradés, par exemple chez les idiots, qui ont perdu leurs facultés cérébrales supérieures et ne conservent pas seulement la trace la plus légère d'intelligence. Cet instinct est véritablement le plus important de tous, car il est comme le pivot sur lequel roulent les destinées les plus chères de l'humanité. Sans lui, les hommes s'anéantiraient avec une facilité sans égale, les générations disparaîtraient au moindre souffle des passions, et la société serait à chaque instant menacée. Cet instinct tient donc le premier rang parmi les puissances aveugles conservatrices de l'individu, et toute infraction violente à ses lois ne peut être considérée comme un fait de haute raison. On rencontre parfois des malades présentant certains troubles si peu caractérisés, que l'on éprouve de l'embarras à dire s'ils sont en deçà ou au delà des limites de la raison ; mais dans le cas actuel, le doute est-il possible ? Eh quoi ! on consentirait à qualifier de fou celui dont le moindre instinct est perverti, celui dont les facultés morales sont à peine troublées, celui dont l'intelligence a subi le plus léger dés-

ordre ; et l'on refuserait là même qualification à cet autre
malade dont l'objet de délire est mille fois plus important?
N'est-ce pas de la contradiction ? N'est-ce pas tomber dans
la confusion la plus grande?

Esquirol, qui avait observé les aliénés avec conscience et
de grands succès pendant de longues années, disait qu'il n'a-
vait jamais vu un homme *complet* devenir fou. Cette parole
profonde est vraie pour toutes les formes de l'aliénation
mentale, et jamais on n'a vu un homme exempt de prédispositions plus ou moins apparentes , succomber à la monomanie suicide. Que l'on fouille avec soin dans les replis les
plus cachés de la vie de ces malades, que l'on remonte à leur
enfance, à leurs habitudes, à leur vie passée, et l'on trouvera, à coup sûr, des troubles nerveux, indices irrécusables
d'une prédisposition héréditaire ou acquise. J'ai fait cette
recherche dans maintes occasions, et toujours l'expérience
a confirmé mes prévisions. Ainsi, je regarde comme fait acquis, que jamais l'homme sain et normal (*mens sana , cor-*
pore sano) n'a éprouvé la monomanie suicide, ni aucune autre variété de folie.

S'il arrivait par hasard que l'histoire d'un malade fût mal
connue, et que les renseignements donnés par telle ou telle
personne fussent négatifs, il ne faudrait pas affirmer trop
vite que les troubles nerveux antérieurs ont manqué complétement. Esquirol, dont l'opinion en pareille matière est
d'un si grand poids, nous dit : « Ce ne sont pas les signes
« du délire qui manquent chez celui qui se suicide, ce sont
« les observateurs qui ne sont pas à portée de tout voir et de
« bien voir. » Cela est de toute vérité : les parents auprès
desquels on puise les renseignements font ordinairement
tous leurs efforts pour dissimuler et ensevelir dans le secret
une prédisposition dont est frappée la famille, et lors même
qu'ils ont été mille fois témoins d'actes de folie véritable,
qu'ils ont, selon l'expression d'Esquirol « tout vu et bien vu»,
ils affirment ne rien savoir. Les médecins perspicaces ne

s'en tiennent pas à ces données : ils poursuivent leurs investigations, et, *le plus souvent*, ils retrouvent dans ceux mêmes qui cherchent à les tromper le témoignage de la prédisposition morbide dont ils poursuivent la trace.

D'après ce que j'ai dit, je me crois autorisé à conclure finalement QUE LE SUICIDE EST UNE VÉRITABLE MONOMANIE.

Le suicidé et l'hypocondriaque appartiennent à la même classe pathologique, et sont placés aux deux pôles opposés du délire de la conservation de soi-même ; le premier, ayant perdu le sentiment, ou si l'on veut l'instinct de sa propre conservation ; le second, au contraire, exagérant ce sentiment jusqu'à la niaiserie ou la folie. Broussais avait donc raison de confondre ces deux maladies, de les réunir en une seule espèce morbide, et de les rattacher à un seul principe psychologique, le besoin de la conservation individuelle.

Plusieurs conséquences découlent de ce fait . le suicide est une monomanie. La première et la plus importante de toutes est celle-ci : le malade frappé de monomanie suicide doit être placé au même rang, sous le rapport de la responsabilité, que celui qui éprouve une fièvre typhoïde, une fièvre intermittente, une hernie, une fracture, ou telle autre maladie. L'un et l'autre n'ont, sous le point de vue de leur affection, ni mérite ni démérite, et ne sont, par conséquent, passibles ni de châtiment ni de récompense. On peut plaindre le monomane suicide, mais jamais le louer, ni le blâmer.

La critique semble avoir prise sur le monomane suicide qui s'expose d'une manière réfléchie ou inconsidérée à l'action des causes déterminantes. On peut certainement lui imputer les passions, par exemple, qui ont été le premier échelon conduisant au suicide ; de même qu'on peut reprocher aux goutteux les excès de la table ; aux fiévreux, leur exposition volontaire aux miasmes paludéens ; et à tous les malades, leur soumission spontanée à l'action des causes déterminantes des maladies auxquelles ils sont prédisposés. Toute responsabilité des malades s'arrête à ce point. Le monomane suicide subit donc la loi commune.

La doctrine que je professe ne doit inquiéter personne, car elle est aussi conforme aux principes catholiques qu'à l'observation médicale. La théologie, en admettant que l'aliéné en se donnant la mort n'est pas coupable de suicide, a posé le principe de la non-imputabilité dans *des cas déterminés*. Il est donc nécessaire de faire une distinction entre les cas dans lesquels cette imputabilité est possible, et ceux dans lesquels elle est impossible : or, cette appréciation appartient exclusivement au médecin, qui seul peut se faire juge en pareille matière. S'il arrivait que des troubles nerveux accompagnassent *constamment* le suicide, tout précepte reposant sur la possibilité d'une participation de la volonté saine et normale, deviendrait nul de plein droit; or, c'est précisément ce qui arrive. L'expérience autorise à déclarer qu'on ne rencontre jamais le suicide chez l'homme parfaitement sain. Par conséquent, il faut *généraliser* le précepte de la *non-imputabilité*, et ne pas le restreindre à tels ou tels cas déterminés.

Quelques personnes ont cru apercevoir dans mon opinion une attaque contre le dogme catholique de la destinée humaine, et elles ont pensé que je marchais droit au fatalisme. Il faut s'entendre à cet égard. Le mot de fatalité exprime deux idées différentes qui paraissent être cause de la confusion. On dit qu'il y a fatalité quand on voit un hasard malheureux présider à la destinée d'un homme, ou à la conduite des événements ; en ce sens, on peut dire que les suicidés, comme tous les aliénés, comme tous les malades sans exception, subissent le joug de la fatalité. Comptons parmi ces derniers : les uns naissent rachitiques, les autres idiots, celui-ci goutteux, celui-là poitrinaire, tel aveugle, tel autre boiteux et contrefait. Ne reconnaît-on pas là l'intervention d'un destin fâcheux ? Sous ce point de vue je suis fataliste. Mais d'un

autre côté, on désigne sous le nom de fatalisme une doctrine
philosophique qui exclut toute liberté morale, en admettant
qu'une destinée inévitable et inexorable règle la condition
des personnes et des choses. Cette doctrine est fausse, et mérite d'être repoussée. Voltaire, qui à coup sûr est loin d'être
toujours mon autorité en fait de morale, a dit en parlant de
la doctrine de la fatalité : « *Si le fatalisme était vrai je ne
voudrais pas d'une vérité si cruelle.* » Je m'associe pleine-
ment à cette opinion, et je rejette le fatalisme philosophique,
autant parce qu'il est l'expression de l'erreur, que parce
qu'il est accompagné de dangers réels pour la morale. Ainsi,
je pense que le suicide, comme tous les actes des hommes,
comme tous les événements du monde, échappe à la doctrine
philosophique fondée sur le fatalisme.

Me reposant donc sur les raisons que je viens de déduire,
je me crois autorisé à affirmer que mon opinion n'est pas contraire aux dogmes catholiques; j'affirme même positivement
qu'elle est en harmonie avec ces dogmes : je vais plus loin,
je crois que cette opinion sera utile à la religion et à la morale publique.

Pour prouver cette dernière assertion, il suffit de rappeler
quelques faits historiques. A une époque qui n'est pas éloi-
gnée de la nôtre, on condamnait au dernier supplice les
magiciens, les sorciers et les possédés du diable. Des abus
révoltants étaient commis à l'occasion de ces prétendus crimes; on exerçait des vengeances personnelles atroces, sous
prétexte de venger la Divinité offensée. Quelques fanatiques,
croyant faire une œuvre méritoire, se faisaient les héros de
ces saintes exécutions, ne s'apercevant pas qu'ils offensaient
cette Divinité qu'ils prétendaient servir; et cependant le sentiment public ratifiait ces jugements iniques et absurdes. Les
médecins, observateurs désintéressés, s'affligèrent de ces désordres; ils élevèrent la voix : l'opinion générale s'émut d'a-
bord, puis se transforma. Les désordres cessèrent comme
par enchantement, mais la démonomanie, mais l'esprit de

sortilége ne s'éteignirent pas. Les démonomaniaques sont presque aussi nombreux de nos jours qu'ils l'étaient alors : aujourd'hui on les envoie à l'hôpital au lieu de les conduire au bûcher; toute la différence est là. Qui oserait dire que la morale et la religion ont perdu à cette heureuse transformation de la croyance générale?

Prenons un autre exemple : Depuis quelques années nous sommes témoins d'une lutte analogue à celle qui eut lieu pour la démonomanie. Cette lutte, moins vive que la première, mais aussi grave, a pour objet la monomanie homicide. Les médecins, frappés du nombre d'aliénés que l'on retrouve confondus avec les criminels dans les prisons elles bagnes, appuyés du reste sur une expérience quotidienne, ne cessent d'appeler la pitié et le pardon sur ces malheureux malades. Leur parole, longtemps méconnue, commence à être écoutée, et plus d'une fois elle a vaincu les résistances, fort respectables sous certains points de vue, d'une magistrature incapable de juger les faits de cette catégorie. C'est en vain qu'un magistrat a pu dire que si la monomanie était une maladie, elle devait se guérir en place de Grève. La science attentive ne cesse de porter sa sollicitude sur quelques-uns de ces malades infortunés que l'égarement de la raison a pu conduire à des violences et souvent à des actes qualifiés crimes par le Code. Sa voix n'est pas toujours étouffée par les clameurs de l'ignorance ou des préjugés, et l'un de ses plus beaux triomphes est d'arracher à la rigueur des lois les victimes d'une maladie souvent déplorable et funeste. Heureux, trois fois heureux celui qui fera pour le suicide ce que d'autres ont fait pour la magie, la sorcellerie, la monomanie homicide et la démonomanie! Détruire avec la logique et l'inflexible vérité l'édifice suranné des lois civiles et religieuses portées contre le suicide, serait une œuvre éminemment morale et philanthropique.

Que l'on réfléchisse un instant. Ce qui se passe aujourd'hui pour le suicide n'a-t-il pas une ressemblance frap-

www.ingramcontent.com/pod-product-compliance
Lightning Source LLC
Chambersburg PA
CBHW060436260626
47161CB00005B/1957

pante avec ce qui se passait autrefois pour les maladies dont je viens de citer deux exemples? Dans les deux cas, même erreur, mêmes interprétations, même imputibilité aux malades, je dirais presque mêmes iniquités, si je ne me rappelais que l'ignorance, le plus souvent au moins, dictait les arrêts rendus contre ces infortunés. Et cet état de choses, créé par une mauvaise observation, appuyé sur des théories pernicieuses et vicieuses, s'entretient par les mêmes causes, et se perpétue par une routine funeste. Cela durera-t-il longtemps? On doit le craindre quand on songe aux entraves qu'éprouve la vérité, et qu'on se rappelle les luttes qu'elle a besoin de soutenir pour se faire connaître. D'où viennent tant de difficultés? De l'inertie ou de l'indifférence de ceux qui devraient régler l'opinion publique en cette matière.

Les médecins n'auraient qu'à vouloir, et bientôt tout changerait de face; qu'ils se prononcent, et aussitôt disparaîtront les lois et les croyances qui flétrissent et dépouillent soit les monomanes suicides eux-mêmes, soit leurs familles : qu'ils disent un seul mot, et la société leur sera redevable d'un grand bienfait, celui d'avoir anéanti un préjugé véritablement inconcevable, qui se maintient depuis des siècles, il faut l'avouer, à la honte de l'humanité!

FIN.

Imprimerie de HENNUYER et TURPIN, rue Lemercier, 24, Batignolles.